世代
愛情故事

目里

著

U0130718

目 錄

李小雲

李小雲吃了不少愛情的苦。上學前班時，她捧了一盆月季花送給鄰桌男同學，沒兩日，花謝了，再過兩周，男同學轉學了。她傷心不已，捧着這盆頹喪的土回了家。外婆摸了摸她的頭，往土裏撒了點新的種子，待小學時，土裏又奇蹟般地生出一顆顆青青草莓來。李小雲喜酸，但她猜想班裏那個飛揚跋扈、躥上跳下的王小帥喜歡甜。外婆說三月的草莓最甜，她便等到三月，親手將紅艷艷的草莓摘下、洗淨，放進一個竹編的小小籃子裏。她是如此小心翼翼，找來一張白淨的棉布，輕輕搭在籃子上，生怕明媚的陽光把草莓曬傷了，生怕春風吹起的微塵沾到草莓上了，生怕草莓上那一點點因還沒熟透而露出的青被人瞧見了。草莓一共九顆。能不能送給隔壁班的文藝委員五顆？王小帥問。李小雲委屈地點了點頭。籃子空了，李小雲的心也空了。她垂着頭讓外婆別再種花，也別再種草莓了。頭一垂就是三年，再抬起頭時，李小雲已經成為班裏的文藝委員了。她每節課前都哼起王小帥喜歡的歌，什麼《敢問路在何方》，什麼《阿童木之歌》，什麼《黑貓警長》。興許這樣，她就能得到五顆草莓了。一日復一日，雖沒等到王小帥的草莓，倒也收穫了馬小跳的紙星星。馬小跳說，他把所有喜歡都折進罐子裏了。李小雲回家認真數了數，馬小跳對她一共有三百六十五個喜歡呢。她的心因這滿罐的喜歡而撲通撲通地跳着，她的雙手因這五顏六色的喜歡而不停忙碌着。一晚過去，滿罐紙星星便換成了滿罐千

紙鶴。馬小跳説，李小雲你折的千紙鶴真好看，我太喜歡你了，你世界第一好。為了對得起「世界第一好」這個稱呼，李小雲幫馬小跳掃了一周地，做了兩張數學試卷，寫了三期黑板報。馬小跳依舊不停稱讚她「世界第一好」，轉頭卻將整罐千紙鶴送給了班長。

李小雲沒有成為班長。李小雲不想成為班長。她還是那個穿白色連衣裙、紮單馬尾的文藝委員。剛入讀前進中學時，她便是以這樣一副裝扮走到我的課桌前的。她問我喜歡什麼。校籃球隊的防守後衛，沈江川。我當然不能這麼回答，於是反問她為什麼要問這個問題。李小雲説，每個班級都要在中秋節前後出一台節目，她希望每位同學都能在這台節目裏有發揮的空間。我認為她的想法十分幼稚可笑，簡直異想天開，這班裏全是埋頭死讀書的呆子，哪裏有什麼真正搞文藝的人呀。果然，許多同學都以學習為由，推辭了這台節目。誰知李小雲東游説一幫人，西拉扯一隊友，竟也湊出個十來人的小團隊來。他們三人寫劇本，四人畫布景，五人擺道具，一群人齊上齊下，有説有笑，編出了一台新版的《梁山伯與祝英台》。李小雲前來詢問我是否能飾演馬文才的時候，我就知道她喜歡上我了。那雙欲言又止的眼，閃閃躲躲的睫，羞得有些泛紅的雙頰，無一不在暗示着她對我的特殊

情意。為了不讓她在愛情地圖裏走彎路，我婉拒説那天有事。她輕輕哦了一聲，識趣地跑遠了去。緣分這東西真是妙不可言，越是跑得遠，越是拉得近。我萬萬沒料到李小雲在我的生命中還有如此重要的角色要扮演。什麼角色呢？情敵。

某個夏日午後，我的好友，我的白衣少年，校籃球隊的防守後衛沈江川告訴我，他徹徹底底地愛上了李小雲。李小雲是個多麼清純可愛、熱情開朗的女孩子啊，他説。我的心像是一塊被用力扯成兩半的橡皮泥，扔在地上裹了一層灰又撿起來勉強黏合在一起。他把無數個我陪他在籃球場揮灑汗水的夜晚完完全全地拋諸腦後了，把每個我特意繞道去他家樓下等他一起騎車上學的早上乾乾淨淨地收進車輪胎裏了。他甚至換了輛有後座的新車，説是要載李小雲去河邊，去郊野，去公園。他們還要一人一隻耳機，聽周杰倫，聽柴可夫斯基，聽李小雲錄的蟬鳴鳥叫。他想得倒是挺美的。李小雲喜歡的人是我。她想坐的是我的後座，她想把唯一的耳機分享給我，她還想將一切她認為美好的事物贈予我，包括她的初吻。經過一段時間和李小雲的親密相處，我終於如願以償，刺激到了沈江川。看到沈江川這麼氣急敗壞，我長舒了一口氣，既有種大仇得報的快感又有種小人得志後的無盡空虛

感。就在我差不多要將沈江川放下的時候，他死了。突發性心梗。他倒好，一死了之，一了百了，留下我，生不如死。我以翹課來表達我的厭世，我以絕食來表達我的懺悔，我以站在天台邊沿來表達我的懦弱。家人將我綁起來，不停往我嘴裏餵葡萄糖。李小雲每天都來看我。她把耳機塞進我的耳朵裏，我們一起聽周杰倫，一起聽柴可夫斯基，一起聽她錄的蟬鳴鳥叫。

我和李小雲成為了朋友。準確地説，我們成為了無話不談的摯友。漸漸地，我不再排斥她那些天馬行空的想法，甚至，我自己也開始做一些不切實際的夢。我想成為一名作家，穿深黑毛呢夾克，戴茶色圓框眼鏡，坐在露天陽台上，一邊抽煙，一邊打字。可我始終沒學會抽煙，也沒想好要打什麼字，只能兀自賴在椅子上，滴滴答答，聽雨。李小雲時不時來我家坐。沙發、餐椅、書桌，處處有她的痕迹。新織的圍巾，新摘的草莓，新出的雜誌，件件出自她的真心實意。有天，她坐到我的左側，興奮地告訴我她要排一齣新版的《荊軻刺秦》。説吧，你這次又喜歡上誰了？我問。她笑得神氣十足，回答説是商業管理專業的白楊。這個白楊還是有點名氣的，高大帥氣，是他們工商大學籃球隊的隊長，我雖在隔壁理工大學就讀，也早已對他有所耳聞。那麼你來寫這個劇

本吧，李小雲説。我當然願意為她重新塑造一位有勇有謀、膽識過人的刺客，但我的確無法對一個想要飾演荊軻的男士作出什麼好的評價。事實又確實如我所料，白楊在和李小雲短暫交往後，移情別戀了。

我們在大學畢業後的這個聖誕節借酒消愁。我的愁緒來自於我始終無法寫好一個故事，而李小雲則搞不明白她為何還談不好一場戀愛。也許我們都太認真了，我在喝了三大杯金湯力之後，有些醉醺醺地對她説。於是自十二月二十六日起，我開始寫紅塵男女。穿梭在鋼筋混凝土間的靚麗身影，遊蕩於地下人行道的孤單背影，誘惑與被誘惑，追逐與被追逐，征服與被征服，佔有與被佔有。我不分白晝黑夜地沉浸在這些三流愛情故事裏，穿針引線，游刃有餘。與此同時，李小雲遇到了人生摯愛。她這麼形容的時候，我久違地笑出了聲，心想她莫不是又犯了什麼愛情的傻。但這次，她更像是中了某種邪。據她説，這位人生摯愛與她相遇於一座廟裏。同是躲雨人，一個轉身回眸，竟就這麼剛剛好，只看見了彼此。彷彿是冥冥中的牽引，她的心跳變得劇烈，她的臉頰燒得緋紅，她的雙眼看着他的，便挪不開了。出於對李小雲情史的透徹了解，我質疑這樣的相遇是否只是一場再普通不過的一見鍾情、見色起意。神明為證，絕對不是，李小雲回答

得斬釘截鐵。為了驗證摯愛的神聖與純潔，她和男生什麼聯繫方式也沒留下，他們期盼着在人海裏再次相遇，如果再相遇，那就是天意，屆時他們一定毫無保留地、全心全意地在一起。傻姑娘，如果是天意，你們當場就已經不顧一切地擁吻在一起了，我笑道。

我到底還是淺薄了些，大大低估了李小雲對人生摯愛的執著程度。她把下班後的所有時間排得滿滿當當，隔三日就去廟裏，徘徊、張望，差五日又扎進洶湧人群，找尋、遊蕩。一連三個月沒見人影，我挺想念她的。想來她那小小身板必定因為相思之苦瘦得只剩薄薄一張紙了吧。等我在廟裏再見到她時，卻驚訝地發現她是如此神采奕奕，白皙的臉龐添了幾分光澤，燭光跳進那雙本就炯炯的眼裏，像是着了火，也有可能是着了魔。她將點燃的蠟燭插進香灰裏，雙手合十默默祈禱，隨後又將寫有兩人相遇日期的木牌掛在廟前的大樹上。我向來是捏着鼻子看待這些神明鬼怪之事的，哪怕沈江川離世後，最傷心難過的那段時間，我也從未想過求神拜佛。剛這麼起念，天空便響起一聲驚雷。李小雲忙拉着我躲進廟堂。跨進廟堂的瞬間，我忽然理解了李小雲對這段感情的癡迷。縈縈繞繞的檀香，搖搖曳曳的燭光，神情肅穆的佛像，所有細節，的的確確和俗世中的兒女情長不大一樣。

我開始頻繁地出現在廟裏。我把所有關於沈江川的過往變作一支支香，點燃、焚燒，然後靜靜地等待它們燃盡、燒光。每當香爐裏的灰疊高一層，我心上的針就少了一根。每當心上的針少了一根，我手中的筆就會往別處多挪一寸。每當我手中的筆往外多挪一寸，廟裏那座香爐裏的灰就又疊高了一層。時間在香爐與筆間來回流轉，一晃大半年，我的邀稿變得愈發多了起來。再忙我也沒忘記關心我的老友，李小雲。她的生活重心從廟裏轉移到了舞台上。她不再尋求我的幫助，獨自創作，編排了一齣最新的《梁山伯與祝英台》。故事裏，祝英台不再倔強，既不再高舉女權旗幟，也不再為父權作辯護，她依然愛梁山伯，卻更多地將同等的愛傾注在萬事萬物上。至於梁山伯，他不再拘泥於任何形式，坦然地接受了祝英台的愛，他並未因此變成一個小男人，也無意要將祝英台變作一個小女人。他們不再依靠與全世界為敵來鞏固愛、證明愛，因為他們領先全世界一步確認了對彼此的愛。而馬文才，故事裏已經沒有了馬文才。演出結束的時候，我向李小雲獻上了她最喜歡的百合。她笑得可愛，跟十五歲時一樣。

二十八歲這一天，我在杭州舉行新書簽售會。當一束風信子遞到我面前時，我便知道李小雲來了。四處尋覓，我終於在

商場的一個小角落找到她的身影。她正和我的愛人馬克站在一起，聊天談笑。察覺到我投注的目光後，她滿面笑容地朝我揮了揮手。他們把用餐地點訂在商場附近的海底撈，活動一結束，我就馬不停蹄地趕了過去。大半年未見，我想和李小雲聊近況。想知道她有沒有寫出新的劇本，想知道布達拉宮是否如照片中那樣金碧輝煌，想知道她最近在讀什麼書，想知道她是否考慮搬去遠方。筷子在鍋裏轉了一圈又一圈，見聞在水蒸氣裏交換了一遍又一遍。李小雲說，十八歲的時候渴望遠方，大過遠方，二十八歲的時候就不再執著於遠方了。我說，十八的時候整天把自己關在暗無天日的逼仄空間裏，到了二十八，腦子裏就只剩遠方了。那麼就緊緊抓住馬克的手，儘管去吧，李小雲說。你呢？我問，你還有想要抓住的手嗎？還沒等到李小雲的回答，海底撈的員工們便舉着燈牌喜氣洋洋地走到桌前。我扶着額頭，撇開臉，瞇着眼睛過了人生中最尷尬的一次生日。

李小雲後來告訴我，她甚至沒想過「手」這一回事了。但我知道，圍繞着她的，是很多雙躍躍欲試的手。有的手，按亮熒幕，點開微信，打下了一長串文字發送給我，希望我化身丘比特，往李小雲的左肩扎上一箭。我好歹也是個知名作家，怎會輕易讓人借我過橋？我坐在咖啡館這麼向李小雲打趣的

時候，她擺了擺手，笑得十分燦爛。我抬起同樣躍躍欲試的手，向李小雲的杯裏添了些咖啡。讓我寫你吧，我想寫你，我說。李小雲端起咖啡杯，輕輕啜了兩口，笑道，我有什麼好寫的？寫吧，看你能寫些什麼出來，她說。

顯然，李小雲低估了我，也低估了她自己。她怎麼能認為她無處可寫呢？我把腦海裏那副關於她的畫卷徐徐鋪開，細細端詳，左添一筆紅，右添一筆粉，末了，還為她加了條活潑生動的馬尾。讀者來信說他們喜歡李小雲，並且，好像由此更喜歡我了。我原本是個像舊版梁山伯那般別扭的人，不知怎的，竟在收到這樣的來信後感覺到了一種發自內心的喜悅。我將這份喜悅收進行李箱裏，繼續在馬克的陪伴下四處參加簽售會。南京這一站，李小雲也來了。她還是捧着一束風信子，遠遠地站在商場的一個角落。我依舊向她投注目光。視線範圍內突然出現一位男士身影。男士用一種不可置信的眼神盯着李小雲看。整整三十秒。三十秒後，他快步走向李小雲，一把將她擁入懷裏。而懷裏的李小雲，回望向我，眼裏淺淺地笑着，彷彿是在說：看吧，我的蠟燭沒白點吧。

不得不佩服李小雲，吃了這麼多愛情的苦，苦盡甘來，最後等到的，竟真是人生摯愛。

甜蜜蜜
2022

一、2022 年 春

從中環中心走到士丹頓街，需時五分鐘。周夢瑩在閣麟街口疊好傘，拍落左肩上的雨滴，轉身走上樓梯。周末剛剪短的瀏海順勢跌到眼角處，她用手撥了撥，抬起頭，跨步向前，排進長長的扶手電梯隊伍裏。細雨順着暖黃燈光密密地灑向威靈頓街。街上的行人疏疏落落，攤販們在已經有些褪色的墨綠雨棚下，拾拾掇掇。當攤販們細碎的談話聲漸漸淡出耳蝸，嘈雜的音樂聲便趁勢鑽了進來。音樂聲來自前面這位西裝革履的外籍男士。他的左肩挎着一個笨重又鼓脹的電腦包，右手不停滑手機，腦袋上架着的那副大紅Beats耳機，左下角有些許磨損，掉了一塊漆。

周夢瑩一眼便認出這副耳機。前一兩年，她偶爾也撞見耳機主人。那時，他左手拎電腦包，臉上掛着微笑，側身輕靠扶手，專心聆聽一位女士講話。那時，大紅耳機是掛在脖子上的，右手是緊緊牽着女士的。不知何時起，那位女士再未出現過。興許如同大多數接近尾聲的故事一樣，當片尾曲響起，戀人不再是戀人，耳機卻還是那副耳機。

落電梯，下馬路，總是剛好沒來車。今天也不例外。周夢瑩

加快腳步，冒雨衝過馬路，徑直走進商店。

測溫後，擠兩滴搓手液，買現成的意麵，付現金，然後再擠兩滴。

很少有人使用現金了。甚至，大把人開始沉迷在虛擬貨幣的買賣狂熱裏。淘金是這座城市永恆的主題之一。她曉得的。但她依然使用現金。因為維持舊習慣還被允許，還被包容，儘管這樣的習慣和這座城市的主題並不相稱。

零錢揣回錢包後，她撐起傘，沿着士丹頓街慢慢走。街上零零星星有幾位孤行者。迎面相遇的女人，戴着口罩，僅露出一雙藍綠色的眼睛。碧眼望向街那頭，眼神空洞而漠然。街頭餐吧依舊播放着時下最流行的音樂，節奏歡快而不合時宜。印巴裔領班踩着節奏，撒着手，百無聊賴地踱來踱去。

邁過街口，是一盞紅燈。滴滴答答，催命似的催促着來往的車輛與行人。

第一次聽見這樣的比喻是前兩年。那時還沒封關，陸雨寒時常來港。

陸雨寒十分厭嫌香港，對香港的紅綠燈更是嗤之以鼻。有次他還因紅燈時間過長，皺眉扁嘴，操着正宗的成都梅花音，抱怨說：「跟催命一樣。煩。」

「這是專門設計給盲人的。」周夢瑩向他解釋說。

他收緊下巴，微微點頭，沒再回嘴。

煩。周夢瑩撐着傘，默默地在腦袋裏拖長那個「煩」字的尾音，不由自主地笑了起來。

這麼多年了，還是這麼好笑。

她想起2010年的跨年夜，那年，他們一起在小通巷倒數。彼時的男友好像是一個叫王暢源的傢伙。王暢源是個從裏到外都溫順乖巧，又偏偏喜歡假裝叛逆的男生，前腳剛下車，後腳就一口氣從超市買了五瓶雪花啤酒。KTV房裏將五瓶一飲而盡，不夠，晚餐時他還要再來五瓶。陸雨寒坐在餐桌對面，一面跟王暢源搶酒，一面猛跟周夢瑩對口型：你男朋友，煩。

當重音落到「煩」字時，他的眼睛裏擠出了一道犀利的光，恨不得將周夢瑩嘴裏的吸管折彎似的。推搡之間，王暢源成功搶過一瓶，趕緊打開，泡沫不出意外地飛濺至全身。整桌人都安靜了，三秒鐘後，所有人又不約而同地哈哈大笑起來。然後周夢瑩收到了陸雨寒傳來的短訊：你看下你喜歡過的人，哪個不是瓜娃子？

周夢瑩當時很生氣，拍下手機，抬眼瞪他。可他卻將鼻子皺得老高，眉毛縮成一條線，一邊使勁搖頭，一邊悠悠喝茶。周夢瑩覺得他的樣子十分欠打又百分好笑，氣立馬就消了。

紅燈終於轉綠，嘀嘀聲變得愈發緊促起來。她快步跨過最後一個十字路口。收傘抬眼，那個百分好笑的人竟然就站在她的視線範圍內。純黑色的傘，青黑色的口罩，炭黑色的衛衣，灰黑色的牛仔褲。就連行李箱都是黔黑的。

即便一眼便認出他，周夢瑩依然感覺難以置信，瞪大眼睛，伸長脖子，使勁朝住宅大廈門口望。

他似乎也望見了她，抬起原本拉着行李箱的右手，朝她揮了兩揮。行李箱順着緩坡向下滑，她忙迎上前去，一把截住。

抱住箱子的下一秒，她揚起頭，埋怨道：「誒。下回可不可以捉緊點兒？」

他撐着傘笑彎了眼，久久沒回話。

她沒詢問他來的原因。他亦沒主動提起。

於是她只顧着推行李箱朝大廈方向走。他固執地湊過來，作勢要拉過把手。她緊緊抓着把手，並刻意抬高胳膊肘，不想讓他得逞。爭執的兩雙手不小心碰到一起，像是觸了電似的，她立馬鬆開手，認輸將行李箱交還給主人。

「返嚟啦？」大廈保安的眼神穿過陸雨寒，直視周夢瑩。

「係呀。」周夢瑩探出頭，笑着同保安打招呼，「呢個係我friend嚟㗎。」

「頭先睇到佢企喺門口啦。好耐啦。又唔出聲喎。」保安笑道。

電梯裏的空氣，潮濕又冰冷。

「話你呀。唔出聲喎你。」周夢瑩忍不住打趣道。

陸雨寒似笑非笑，眨了兩下眼。

他居然並未接話笑她牙尖。這很反常。

更反常的是，當她進門要開燈時，他拉過了她的手。

她有些錯愕地望向他。他的眼睛裏盛滿了一兩百句言語，揉雜着窗外那一兩縷霓虹燈光，顯得十分曖昧。她立刻明白了他的意思。

「我們不是已經認真談過這個問題了嘛。」她咬咬牙，試着抽回手，「之前是例外。是一種由負面情緒引發的應激反應。」

他放低手，取下臉上的黑色口罩，朝她微微點頭。

她鬆了口氣，也取下了口罩。

幾乎是同一時間，他俯身到面前，輕輕攫住她的嘴唇。

最後一點自制力終於土崩瓦解，她本能地回摟他，熱烈地回應他。

她也想他的。

「餓不？去樓下吃飯？」周夢瑩問。

「再等一下。」陸雨寒將右臉貼緊她的左臉。

「好久決定要來的？」

「很久之前。」

「好久？」

「很久。」

「我問真的。」

「我說真的。」

「你媽讓你來的？」

「沒有。我沒跟他們說我要來。也不打算說。」

「你奶奶又以淚洗面，天天念你爺爺了？」

「沒有。」

「那，你公司垮了？」

「醫療公司這麼容易垮的嗎？」

「也是。這兩年的錢淨讓你們這些藥販子賺了。」

「是的。」陸雨寒將懷抱縮得更緊了些，「雖然我個人沒發揮任何主觀能動性。」

霓虹燈光透過窗，在周夢瑩的臉上來回打轉。有些晃眼，於是她撐起身，拉緊了窗簾。

躺回被窩，陸雨寒將她轉過身。

他的眼窩在黑暗裏顯得更深了。她輕輕撫摸他的眉眼，和左眼角那一顆淺淺的、小小的痣。

「但是我忽然就不想幹了。沒勁。」他説。

「哈。想發揮一下主觀能動性了？你以為你才年方二八，還在上高中政治課嗎？」她笑道。

「你曉得的，我最討厭上政治課。」他捋了捋她的頭髮。

「你去。」她蹭了蹭他的鼻尖，「你去發揮你的主觀能動性。南極北極，上天入地。我養你。」她説。

他嗤地笑出聲，抵着她的鼻尖，不肯鬆開：「每個月好多生活費？」

「課不認真上，討價還價你是第一名。先唱首歌來聽聽。」

「想聽哪首？是不是要唱首《從頭再來》？」

「2022 年了。陸雨寒同志。2022 年了。再過三年，我們就要

全面建設成為小康社會了。與時俱進一點，先唱首《城裏的月光》。」

「周夢瑩同志。你可知革命果實來之不易，豈容你此般恣意調侃？日日掛念城裏的月光，如何擔大業？」

「陸雨寒同志。我等刁民除了極盡調侃之能事，一無是處。作為刁民，我等更是從不敢妄想擔大業。煩請留下城裏的這束月光，讓我等留點念想。」

「你贏了。牙尖嘴利，陰陽怪氣。」

「如果不想被刁民尖酸刻薄地對待，就趕快老老實實給刁民唱歌。」

兩人嬉笑了好一會兒才停下來。

他從背後攬緊她，呢喃似的開始唱歌。

他的歌聲絕不動聽，沙啞低沉，如同和尚念經，只聽幾句便叫人哈欠連天，昏昏欲睡。

她聽見他唱《城裏的月光》，唱《但願人長久》，意識模糊時，還隱約聽見了《甜蜜蜜》。

然後她便睡着了。

在這座由鋼筋混凝土堆砌的城市裏，自然尋不見半點月光。黑暗裏，他卻依然能看清她的熟睡臉龐。他並不覺得稀奇。這並不是他第一次在漆黑的房間裏，端詳她的模樣。

四月的夜有些涼，她翻了個身，把被子裹緊了些。

「春天不見。秋天不見。」

他想起她說。

那是2013年的冬天。

二、2013 年 冬

「你的車呢？」陸雨寒問。

「賣了。」周夢瑩用她的皮手套捂住半邊臉，露出一雙杏仁眼，松鼠覓食似的東盯西盯，隨後在巷口招手攔下一輛黑車。

「海螺溝？」她湊到駕駛位的窗邊問道。

「這趟跑冷磧的。」黑車司機往窗外抖了抖煙灰，「牛背山曉不曉得嘛？漂亮得很喔。」

周夢瑩一邊搖頭，一邊興奮地拉開車門：「就去牛背山。」

他早已習慣她的心血來潮，便跟着一同上了車。

車廂裏充斥着過時的流行音樂與陳舊的二手煙味。兩個身著戶外運動裝的人，一前一後地坐着。一男一女，一紅一綠，默默無語。

「然後那份券商的工作是唯一一份月薪過萬的 offer。」陸雨寒繼續談論不久前的話題。

「券商？」周夢瑩的眼睛裏滿是疑惑。

「這個工資水平，我可能很難維持我的正常生活開支。」他顧自説道。

「陸雨寒同志，認清現實。你現在是在成都。這應該是還不錯的起薪了。最重要的是先完全獨立起來。」她摘下手套，低頭把手套裝進包裹。

「券商其實就是來回倒賣錢的。」他這才解釋説。

「那還是算了。」她側過臉看着他，皺了皺鼻子，「不如給你爸打工。至少是個有點社會價值的行業。」

「你剛剛不是説完全獨立起來最重要？」他向後輕靠在椅背上，雙手環胸。

「但你現在不是在你爸和社會兩頭做選擇。你是在選老闆，

挑行業。就算老闆是你爸，他也不可能讓你不勞而獲嘛？」
她也倒向椅背，還是側着臉看他，眼睛裏多了幾絲耐人尋味
的狡黠，「這個答案滿意了？想去給你爸打工就放心去，不
要有思想包袱。你做任何決定，都有我舉雙手表示支持。」

「那要是我選券商呢？」他問。

「倒賣金錢也是實現資源合理配置的重要途徑之一。」她若有
所思地點點頭，又朝他笑道，「所謂無形的手的重要性，我
們就交給陸雨寒同志你去慢慢摸索了。」

「話都給你說完了。到底哪條建議才是真心的？」他笑問。

「朋友不提供建議，朋友只提供支持。選擇是你的。我只能
幫你加油打氣。最多再給你澆一盆冷水。好了，冷水來了。」
她挺直背，一本正經地說道，「無論你怎麼選，有朝一日，
當遭遇某種挫折的時候，你都會記起今天做的這個選擇。你
可能會假設，假設今天做了不同的選擇，生活會是什麼樣
子。我麻煩你在想起今天這個選擇的同時，也不要忘了我接
下來要說的話。我想說的是，不要假設。就像你今早以為我
們要去海螺溝泡溫泉，但是我們現在要去的是一座從來沒聽

過的山。人生是充滿變數的。」

「錯。你是充滿變數的。這才是我今天泡不成溫泉的根本原因。」

「你贏了。你可以隨時跳車了。」她戲謔道。

陸雨寒失笑，挪眼至窗外。

其實他的心上還有一百件事。搬去高新區還是留在成華區？要不要飛回英國參加畢業典禮？去不去媽的婚禮？

窗外霪雨霏霏，車內空氣混濁，使人感覺無比昏沉。很快，他便靠着車窗睡着了覺。

醒來的時候，車停在一個加油站。司機熄火後徑自走向了站裏的小商店。

「去趟廁所？」前排坐副駕駛的紅衣男人忽然轉過頭，對後排的綠衣女人説。

兩人居然認識？陸雨寒十分詫異。

兩分鐘後，他弄清了其中玄妙。

「小年輕。你女朋友很能説呀。」

紅衣男人主動搭訕説，雙眼緊盯面前的小便池。

「我們是好朋友。」

陸雨寒駕輕就熟地解釋道。同樣的話他已經説過幾十上百次了。

紅衣男人拉緊褲腰帶，踩着一雙卡其色的登山靴緩緩走過來，拍了拍他的左肩，意味深長地説：「誰又不是呢？」

雨水順着廁所外的牆簷答答往下落，他卻一滴也尿不出來了。

他實在對外人這種自以為是的意味深長感到厭倦。打從和周

夢瑩相識起，總有人時不時跳出來，用裝模作樣的口吻提醒兩人之間的關係非同尋常。彷彿他們最具慧眼，彷彿他們洞悉一切，彷彿他們一語就能驚醒局中人，局中人理應順應他們的引導雙宿雙飛，從此幸福快樂地生活在一起。可實際上，局中人非常清楚彼此的位置，也早已度過了互相吸引的階段。

最被周夢瑩吸引的時候是高一。

那會兒他不出所料地升到院裏的附屬高中。萬年不變的同學，布景板似的校園環境，爺爺每天六點準時發出的練拳聲，都使他莫名煩躁。好不容易捱到週末，想找好友周之航踢球，周之航卻因為升到七中的火箭班而抽不開身。一會兒要到英語角找老外練口語，一會兒要為市裏的青少年科技賽做準備。為了打發百無聊賴的孤獨時光，陸雨寒開始和周夢瑩通訊。兩人之前也通訊的，但通訊次數屈指可數，通常只發生在寒暑假，她來周之航家小住的那段時間。短訊內容也十分簡潔，只關乎去哪兒、吃什麼、做什麼這三個主題。興許是太無聊，興許是太寂寞，總之從某天起，陸雨寒和周夢瑩的短訊往來變得十分頻繁。除了談吃喝拉撒，兩人也談同學和老師。談同學幹的那些蠢事，談老師講的那些狗屁道

理。談《看天下》讀到的有趣專題。談近在院子裏的鳥窩，也談遠在北京的鳥巢。他一度懷疑自己患上了短訊癮，因為他甚至連上廁所都必須先抓着手機，按下短訊發送鍵，才能放心去。

於是在某個躁熱的星期六，他終於按捺不住心中的悸動，坐清早的大巴，去重慶找她。她滿臉欣喜地來車站接他。他們一起觀賞川美外牆的那些新塗鴉，一起去藏在地底的精典書店聽講座，又一起走了兩遍中山四路。末了，她卻轉身將他送回車站，並告誡他，下次不要這麼衝動了。

車緩緩駛離她的站台，他坐在回程的大巴上，給她寫了條長長的短訊。具體什麼內容，他已記不清楚，也無從查證。因為打完最後一個標點符號後，他便逐字刪掉了。

回到車上，陸雨寒掏出手機，給前女友林曉然發了條短訊：曉然，我不回來參加畢業典禮。訂的衣服在 Wilson 那裏，記得找他拿。希望你接下來在伯明翰一切都好。研究生順利拿 Distinction。

好。一百件事裏總算放下了其中一件。

陸雨寒剛鎖完屏，便被車內熱烈的討論聲吸引了注意。不知何時打開的話匣子，周夢瑩和車上的一男一女竟就着川西的美景聊起天來。周夢瑩説她喝過康定跑馬山上的泉水，冰冰涼涼，十分甘甜。紅衣男人説他們去年去了四姑娘山上騎馬，長坪溝的遠山藏在雲霧之中，偶然露出雪白的尖峰，大家便瘋了似的，疊着聲呼喊，格外過癮。司機聽後，笑笑説，這有什麼過癮的，等你們上了牛背山，見到雲海和佛光才曉得什麼叫過癮。

過不過癮，陸雨寒暫時還不曉得。害怕，倒是最直接而真實的感受。

上山路程之顛簸，陸雨寒感覺自己的身體已經完全不由自己所掌控，東歪西倒，跟跳的士高似的。這種失控感使他恐懼，他雙手死死抓緊扶手，緊閉着雙眼默默祈禱能平安到達。不知是顛簸得太厲害，還是周夢瑩故意惡作劇，她的頭重重地撞上了他的右大臂，然後她大笑説：「誒陸雨寒，是你以前講的，生死有命。不過只是一段爛路，過了這段就好了。」

陸雨寒張開眼想同她爭辯，他所説的生死有命，是指順其自

然，不是主動求死。可一望見窗外的景色，一切話語便哽住了。

雲朵飄浮在連綿的青山畫卷裏，時卷時舒。雲朵與雲朵中間，是一道道深淺不一的紫。也不知大自然哪裏來的這麼多支顏色筆，抑或是它始終執同一支，只不過下筆時有輕有重，使得成色不盡相同。大自然着實神奇，這一筆筆，畫得陸雨寒的心裏頓時只剩下興奮與欣喜。他竟不由自主地跟着車內的音響，以及幫車人，一起低聲哼道：

「我們要唱就要唱得最痛快。你是我天邊最美的雲彩，讓我用心把你留下來。留下來！」

「只能送你們到這裏了。」黑車司機說，「接下來的一段，徒步比較安全。」

四人付錢後便被拉進一處簡陋的接待站。

「曉不曉得這是尚待開發的景點？你們這群不要命的年輕人。」

站哨人狠點了幾次打火機才把手裏的煙點着。

「簽吧。」另一位身披藏青棉襖的站哨人從木抽屜裏取出一沓 A4 紙，「身分證號碼、緊急聯絡人和電話號碼，登山有風險，是死是活你們自己負責。」

陸雨寒的手因為寒冷而有些顫抖。下筆前，他看了看周夢瑩填的緊急聯絡人，是她爸。那麼他也填爸吧。

可筆落到紙上，他居然填了媽。

氣氛因簽字一下子變得沉重起來。大家全然沒了方才在車裏那股痛快勁兒，各懷心事似的，跟在紅衣男人身後，默默行走。

終於趕在夜幕降臨前看見人煙。不遠處，一雙熱情的手正在空中不停揮舞。男人隨後大聲宣布他們已登頂，牛背山客棧歡迎他們。

飢寒交迫，陸雨寒加快了些腳步。

走近細看，哪有什麼客棧，分明是個大型帳篷。

老闆引四人進帳篷，一面笑嘻嘻地端着即食麵走過來，一面介紹説，他就是這座山最寂寞的男人，因為整座山就他孤獨地經營着這間客棧。

「全是出於對大自然及徒步旅行的熱愛。」他將即食麵分發到紅衣男人和綠衣女人手裏，又繼續説道，「沒日沒夜地等待我們這些驢友登頂，只求為他們奉上一碗熱湯。」

陸雨寒和周夢瑩主動接過老闆手裏的即食麵，老闆則管他們要了五百塊錢。

「兩桶即食麵五十塊，四百五是住宿費。」他輕描淡寫地説，「通鋪。有電熱毯的。你們要覺得冷，現在就可以鑽進去。」

紅衣男人和綠衣女人説他們自己有帳篷，就不住宿了。

「你們有電熱毯嗎？這裏的晚上，最高氣溫是零下十度。反正你們自己考慮。」

漸凍的夜，漸涼的指尖。四人付好錢，爬上通鋪，蓋上了各自的被褥。

「睡了？」周夢瑩在黑暗裏低聲問他。

陸雨寒翻過身，看着她閃亮的眸子，回答：「沒。頭昏腦脹，可能有點高山反應。」

「本人已經遞交研究生申請了。我要轉個實用點的專業。」她斬釘截鐵地説道。

「嗯？」他的心咯噔了一下，但又很快恢復正常，「實用？你們文科生不是只要愛情，不要麵包嗎？」

「我們文科生既要愛情，又要麵包，且要自由。」她眼底含笑，「雖然我暫時什麼都沒有。」

「愛情永遠捉不緊，麵包永遠吃不夠。絕對的自由更是天方夜譚。送你一盞阿拉丁神燈，你許三個願。嘣。下一秒，你就被圈在願望的牢籠裏頭了。」

「我要選擇的自由。接受或是不接受阿拉丁神燈，許願或是不許願。」

「那你要的其實是選擇。不是自由。」

「選擇的自由，就是一種自由。」

「選擇就是選擇。只是選擇。」

「自由就是自由。只是自由。」

「你贏了。」陸雨寒頓了頓，「那我們還是寒暑假見？」

「應該是説冬天見，夏天見。從這個冬天開始，你就再也沒有寒暑假了，海龜。」

「好。冬天見。夏天見。」

「好。春天不見。秋天不見。」她笑得格外開心。

「小年輕，別聊了。」紅衣男人忽然從酣睡中醒來，扯着有些嘶啞的嗓子斥道，「明天一早還看不看佛光啦？」

他們沒見到佛光。踏出帳篷時，腳下確有雲海與群峰。他們在凹凸不平的峰巔踩來踩去，扮了十分鐘的神仙。只十分鐘，這種貌似神仙的超自然感便同腳下的某團雲一般，消散開來。

三、2022年 春

他準時在六點醒來。

陽光正好，透過窗簾縫鑽進屋裏，落在地板與牀尾中間，成了一條折線。她面朝牆壁，蜷在被子裏，只露出了一隻右耳。他湊近她的頸窩，埋首貪戀了好一會兒，才緩緩起身，將窗簾拉嚴實。

邁出房門，他順着兩人昨晚歡愛的路線，將證據一一拾起，扔進洗衣機裏。

一共七步路，他認真地數了數。小，很容易適應。但對於把洗衣機擺放在廚房這件事情，他依然不太適應。

打開冰箱門，就像打開了她一半的生活。內裏琳琅滿目，他仔細地打量每一樣物件，彷彿如此便能勾勒出那一半生活的鮮活模樣。

兩年。整整兩年。他們從沒這麼長時間不見面。他也從不曉得沒有她參與的生活，就像一年四季少了兩季。這是前大半

年。後來,他甚至感覺一年四季,沒了四季。兩年間的生活幾乎毫無記憶點。做了很多次核酸,出過幾趟差,賺了一些錢。唯一深刻的記憶,是有次和周之航的對話。兩人照例一起看球賽喝夜啤。酒酣之時,周之航忽然問他,還要這樣到什麼時候?

這樣是什麼樣?陸雨寒不解。他正常上班,規律作息,少有飲酒,偶爾健身。在周之航的語氣裏,這樣的生活彷彿人間煉獄。

一副行屍走肉的孤狼樣。周之航説。

你不好耍了。周之航舌頭都捋不直了,扔標槍似的將一字字費力吐出。

陸雨寒承認,周之航道破了他的真實狀態。他考慮了一段時間,去了很多趟以前老和周夢瑩一起去的地方。同樣的事情,他其實已做過無數遍。但這次,他下了不一樣的決定。

「誒。發什麼夢?怎麼不關冰箱門?」

她站在廚房門口，頭髮亂糟糟的，T裇鬆垮垮的。

陸雨寒關緊冰箱門，回答説：「餓了。想説煮點東西吃。」

「哈。」她笑道，「我的那份不用煮了。你媽上周約了我今天喝茶。你要是覺得煮一個人吃的東西很無聊，我給你打包幾樣回來。」

「行了。我去^」他關上冰箱門。

洗漱完畢，兩人一前一後地走出大門。

她推門邁進喧鬧的城市裏。一襲墨綠棉裙，和街邊那些咖啡色的、深紅色的鋪頭相映成趣。齊肩短髮微微翹起，陽光照耀的地方，染上了幾抹自然的深棕。畫面美好，像某種虛擬場景。她行走在場景裏，深知其中美好，所以轉過身來，催促他走快些。他點頭快步跨入場景裏，站到她的左手邊。她卻笑着向右挪了一小步。

這是一種什麼感覺呢？生命中和他緣分最深的兩個女人，此刻正坐在一家陌生的餐廳裏，聊着與他毫不相關的話題。他

因插不上話而尷尬，也因看見她們的生動臉龐而莫名感覺欣慰。話題點很快便轉移到了他身上。媽終於開口詢問他：來幹嘛？住哪兒？呆多久？他於是答，這趟是專程來找周夢瑩的，所以住她家。

「哦。你們年輕人，如果不想這麼早要小孩，就記得要做好安全措施。」媽說。

「不是的孃孃。」周夢瑩慌忙放下茶杯，「他只是來拿——」

「做了的。」陸雨寒說。

媽連連擺手：「好了好了。我不想曉得你們之間具體的事情。我純粹只是把過來人的經驗講給你們聽。」

「唔該。埋單。」媽伸手叫來服務生，隨後轉頭叮囑道，「乖乖，記得中間找我和王叔叔一起吃餐飯。我是說，你們兩個乖乖。」

「發咩神經啊你？」周夢瑩皺緊眉頭，沿着莊士敦道氣沖沖地走。

陸雨寒跟緊腳步，「不得了，吵架都興用粵語了。」

「你腦殼遭門夾了。」周夢瑩白了他一眼。

「是你邀約我來吃飯的，你曉得我和我媽就是這麼説話的。」

「我從來沒邀約過你。」

「你從來不明面邀約。」

兩人沒再講話，悶悶地穿梭在擁擠人群裏。

一個孩童忽然從街邊躥到路中間，攔住兩人去路。孩童戴着一頂黃色小帽，用十分稚嫩的聲音問兩人買旗。沒法拒絕。陸雨寒掏出零錢，塞進孩童家長手上的募捐袋裏。孩童興奮不已，連聲多謝哥哥姐姐，撕下兩張貼紙伸手要幫兩人貼。陸雨寒道謝後，彎腰接過貼紙。

他轉身把貼紙一張張貼在周夢瑩的手臂上，低聲説道：「好了中隊長，你今天的好人好事任務完成了，不要生氣了。」

她終於鬆開眉頭，笑道：「不行。我要當大隊長。」

「很有野心。我看好你。」

她避而不談方才餐廳裏發生的小插曲，轉頭拐進一家咖啡店，買了兩杯拿鐵。他們一路細數街頭的變與不變。倒閉又新開的西式餐廳，勉強生存下來的老式文具店，愈來愈多的冷漠面孔，邁着愈來愈無章法的步伐。他從未喜歡過這座城市，可這裏偏偏住着他愛的人。又或許，他從未真正喜歡過任何一座城市，只不過它們恰好片段式地記錄了他的得意或是失意。他懷抱着那些得意與失意，固執地以為全是城市賦予他的。以往他總認為自己最離不開成都。那是他的故土，承載着他這小半人生的大半喜怒哀樂。可隨着周之航的遷居，隨着周夢瑩的鮮少踏足，隨着爺爺的離世，隨着城市的翻新又翻新，建設再建設，成都便不再是他的成都。儘管它依然是許多人的成都。

當然，香港從來也不是他的香港。他只是個失意的過客，靠着吹毛求疵來獲得某種心理慰藉。至於失意成因，則頗為複雜。一方面，他對媽嫁來香港不甚滿意。媽之前一再強調，就算是母子，兩人也是獨立的個體，她作為一個成年人，有權追求她的幸福，他亦是。他理解。但他私心裏不無埋怨。

另一方面，周夢瑩讀研後留港，一副決心要在這裏繼續生活數十年的樣子，令他焦慮不已。為了緩解這種焦慮，他做過不少蠢事。2018年時，他交了一個誓要執子之手、與子偕老的女友。對方卻被他交往兩個月不到就直奔民政局的架勢嚇破了膽，當場就提出和他分手。他那時在想什麼呢？噢，結婚，用那本紅色的小冊子將成都牢牢綁在身上，就這麼在成都生活一輩子，再也別來香港。

但他還是來了。

兩人順着電車道一路走到添馬公園，找了片空草地，席地而坐。

公園裏滿是休假的菲傭，她們對着手機載歌載舞，嬉笑成群，彷彿整個世界的騷亂與她們無關。

「你説，她們能不能逃離這種命運？」他問。

「什麼命運？」周夢瑩帶着一種審查員的口氣反問道。

陸雨寒失笑，悠悠道：「同志你放心。我的意思是，她們這

種今天歡快跳舞，明天苦哈哈收拾滿間屋的命運。」

「那跟我們今天坐在這裏吹風聊天，明天滾回公司上班有什麼不同？」

「當然沒有不同。」陸雨寒承認道。

「我們無法逃離。我覺得，我們每個人都是一隻提線木偶。那根牽引着我們不斷活動的線，也許不同。可以是生存本能，可以是虛榮心，可以是某種熱愛，可以是自我實現，可以是某種更宏大的目標。無論是哪一根線，無論有多少根線交織在一起，木偶也只能就着這些線，躥上跳下，最後也蹦不出這一畝三分地。」

「你蹦得遠，線也多。」他注視着她的側臉。

她撐起半邊身，轉過頭睨着半邊眼朝他笑了笑，隨後又轉回頭，望向大海和海對岸成片的建築群。風吹過公園，兩側的樹葉簌簌作響。幾隻鳥兒嬉戲般地從這枝頭飛到那枝頭，嘰嘰喳喳。周遭的音樂聲和歡笑聲始終不停。陸雨寒卻在此刻感受到了真正的平靜。

「你講的其實是『超越』。我們無法超越。我們總可以獲得某種暫時的逃離。不外乎這根線使多點力，那根線暫時不動。也許明天偷點懶，或者乾脆不上班。但我們無法超越。」他說。

「你贏了。請你吃飯。」

她請他吃燒鴨和叉燒。上菜時，她跟報菜員似的，一一作詳解。選材半肥半瘦，用什麼方式燒的，柴要大概牛到什麼火候。陸雨寒聽得津津有味。他很久沒有吃過這樣一餐飯。他們從燒鴨聊到做鴨，從江湖傳聞中的做鴨潛規則聊到各行各業的潛規則，最後又聊到潛規則本身。直到服務員收走面前的餐具，他們才起身離席。

出門見天光依然大亮，兩人便商量着走回去。

他們還是一前一後地走。下坡容易，上坡難。走到某段陡坡的台階頂，他轉過身想同她講句抱怨的話。她含笑望着他，背後是藍橙相間的天，耳邊是鐺鐺作響的風鈴。

「怎麼了？」她問。

「沒什麼。」他回答。

城市忽然在這瞬間變得可愛起來。隨地大小便的狗,可愛。跟在牠們屁股後面撿屎沖尿的主人,可愛。坡上大汗淋漓的壯漢大哥,可愛。餐吧裏低聲調情的男女,也可愛。

多巴胺和血清素混在所有可愛裏,不斷飆升。剛進房間門,他就要索愛。她成功脫身,一邊開玩笑說同樣的招數不能使用兩次,一邊脫衣朝浴室邁步。他站在緊閉的浴室門外,忖着是不是因為兩年沒有性生活,才令得自己如此難堪。又不是。他認真地思考起來,從他有性經驗開始,中間最長的無性生活長達三年之久。彼時並無特別感覺,四處出差,得空就來香港探周夢瑩,稍有假期,又周圍旅行,整個人跟放乾的電池一樣,飽暖之後再無精力思淫慾。現在不行。之前被迫困在成都的那兩個月,他和周夢瑩有過十分規律且和諧的性生活。此時此刻,他腦子裏全是那些畫面。除此之外,今天她閃躲的腳步,閃爍的態度,隱藏兩人關係現狀的那些說辭,令他感覺不安。他亟須得到某種力證。

他當然得到了他想要的答案。從來如此。

想起今早的事情，她還有些惱，於是用力在他肩膀上咬了一口。他悶笑一聲，竟把這當成某種情趣。

真是沒有辦法。

她真是一點辦法也沒有。

四、2018年 冬

「你們先下，我停好車來找你們。」陸雨寒看着後視鏡説。

剛落車，錦里的燈飾便如同點燃的野草一般，從外燒到裏，一串串，一排排，將灰藍的天空照得通紅。

「站在外面已經能感受到它的美了。」郭頌謙讚歎説。

周夢瑩點點頭，忽然感覺到一陣寒意，便對着雙手哈了口氣。郭頌謙取下圍巾，將她的雙手團團包住，並繫了一個漂亮的結。

他是溫柔又貼心的戀人。春天送她抽濕機，秋天帶她吃蟹並負責剝蟹，去酒吧只叫雷司令，散步永遠走在靠馬路的一側。他是體面又成熟的男人。兩人相識於一場大型會議，連續兩天坐隔壁位，他留了她的聯繫方式。他們吃過三餐飯，聽過兩場音樂會，看過一次展。他説她有點特別，她覺得他周到妥帖。他們像大多數情侶一樣，擠在狹窄的玻璃圓桌邊低聲説話，抽空在特殊節日給對方製造小小驚喜，頂一件寬大的西裝外套在雨中的荷里活道奔跑。

同事Mandy説，傻豬豬，佢只不過貪你後生大陸女，平靚正呀。周夢瑩説，我都貪佢平靚正呀，啱啱好咯。

「所以我是當代愛情奴隸嗎？」周夢瑩抬高被綁住的雙手笑道。

郭頌謙輕輕攬過她的腰，在她頭頂印下一記吻。

她靠緊他的肩膀，沿着記憶中的錦里慢慢走。

「騎半個小時的車，結果就來看這個？」周夢瑩停下自行車，不屑地說，「什麼新開的古街？這不直接比着我們磁器口抄了一條嗎？」

「它還沒亮燈的嘛，亮燈過後還是比磁器口好看些。」周之航說，「你們磁器口的燈籠太拽實咯，錦里的燈籠要乖些。」

「什麼『你們』？信不信我回去跟伯伯告你。是『我們』磁器口。『我們』！」周夢瑩強調，「同志，做人不能忘本，你是重慶人。」

「同志，做人要知水土恩，他是成都人。」陸雨寒說。

「這是我們周家人的事。」

「這是我們成都人的事。」

「好咯好咯。不要吵咯。我們進去抽轉盤，抽個『猴子上樹』哇？」

只幾步路，他們便從傍晚走到了夜晚。

燈籠還是那些燈籠，牌匾還是那塊牌匾，糖畫攤還是那個糖畫攤。

郭頌謙駐足在糖畫攤的人群外圍，饒有興致地看師傅作畫。

「買一個你，好嗎？」他忽然轉過頭，天真地問。

「大佬，買賣人口在大陸是違法的。」她嚴肅地說。

「Sorry，我意思呢，是說買一個你的生肖。」他的普通話忽然

變得極不標準。

他着急時，便會這樣。

她笑出聲，撐開手上的圍巾，疊整齊，踮腳幫他繫好。

待陸雨寒終於出現時，周夢瑩和郭頌謙正在福壽巷觀賞燈籠。她站在巷子裏，偶然向右轉眼，恰好撞見站在巷口的他，那雙尋尋覓覓的眼。他微微抬手，隨後快步走過來，黑色呢子大衣上的那一小團牆灰，在火紅光線下格外顯眼。他拍拍袖肘解釋説，太難找車位，把車停在了較遠的車庫裏。

走出巷子，他提出一起喝點東西。

他們勉強找到一家不那麼嘈雜的酒吧。陸雨寒問郭頌謙喝啤酒好嗎。郭頌謙回答説好。

場間有人聚了又散，來了又去，駐唱歌手端起結他，十分應景地彈起一首傷感的歌。夜彷彿是再往下沉了一下，只能藉着桌間這盞暖黃的燈，才能看清面前人眼裏的些許光亮。一曲終於唱畢。不等周夢瑩開口，陸雨寒便主動説起他之前那

椿沒能成的婚事。他向來不缺自嘲精神，三五杯啤酒下肚，將一場荒誕劇講成了悲喜劇。

據他說，女生是他們公司的一位同事。他們某天在電梯裏聊得很來電，當即便決定交往。他覺得她既可愛又性感，既溫柔又霸道，突然就有了結婚的衝動，於是在某個天朗氣清的星期一，將女生帶去了民政局。

「然後她認定我是要形婚。」他搖頭苦笑道，「我真是百口莫辯。」

這個版本周夢瑩在電話裏已經聽過了。她今天坐在這裏，是想聽真話，而不是看他將破綻百出的故事用極其拙劣的演技再表演一遍。

「真是沒估到。我之前還問瑩，怎麼這麼突然，上次Allen來，也沒聽Allen提起過有拍拖。」郭頌謙笑道。

「一個不小心就被真愛之神拍了拍肩膀。」陸雨寒端起酒杯，認真應道。

「我不信。你扯謊。」周夢瑩篤定地說。

三人忽然陷入了沉默。

還好音樂聲在此時如潮水般湧來，將人緊緊包圍，那些念念的、疑惑的、尷尬的，都被一層一層，捲進音浪裏，沒了聲響。

陸雨寒堅持要送二人回酒店。郭頌謙執意要他留下再聊聊。

酒店大堂的服務生用溫柔的嗓音問候他們晚上好。郭頌謙叫住服務生，要了兩杯熱茶，隨後轉過頭，說要先回房間看文件。

周夢瑩揉了揉太陽穴，選了個離鋼琴聲最遠的位置坐下。

「到底怎麼回事？你是不是遇到那種殺豬盤了？你不要不好意思承認。」她忍不住問。

「所以我現在淪落到要跟豬相提並論了？」

他眼裏的怒意和哀傷是真實的。

那麼他是真的差一點就結了婚。

「哦。那，拜拜就拜拜，下一個更乖。」她捧起茶杯說道。

「你可不可以不要拿這些話來敷衍。不想安慰就不要安慰。你可以不說話。」他說。

「你還需要安慰？真愛不是『不求天長地久，但求曾經擁有』嗎？你不是已經擁有過了嗎？你剛剛不是把你自己都講笑了嗎？」

「是的。我很可笑。你以為你不可笑？」

周夢瑩放下茶杯，不明白問題怎麼忽然扯到了自己身上。

「瞪我幹什麼？在景區裏面談戀愛不可笑嗎？周夢瑩你搞清楚。你剛剛，是在一個景點裏面談戀愛。或者我這麼說吧。你一直在景點裏面談戀愛。你曉得你所在的景點叫什麼不？迪士尼。香港就是一個大型迪士尼。你只不過是排隊坐了一

回旋轉木馬。」

「你腦殼是不是遭門夾了？你憑什麼批判我？你是不是覺得全世界只有像你這種 cheesy 又 shallow 的故事才算愛情故事？你以為你被真愛之神拍了一下肩膀很不得了？你只不過是在特色社會主義時期談了場 PPT 式的戀愛。來電、脫衣服、結婚，每一頁分別講兩分鐘，連時間都是給你分配好了的。沒得主題，沒得內容，沒得邏輯，沒——」

「對不起。」

她不打算接受道歉，站起身，頭也不回地穿過大堂，拐進廊道。

第二天大清早，他便驅車等在酒店門口。

她徑直坐上車，並不想講話。郭頌謙落座後，牽緊她的手，讓她再睡一會兒。她點點頭，瞇緊雙眼，倒進溫暖的懷抱裏。

她聽見呼嘯的汽車聲，聽見悠閒的自行車聲，聽見嗚嗚的電

瓶車聲。她聽見郭頌謙問他早上幾點起牀去取的車。她聽見他答六點。她聽見他問郭頌謙除了青城山還有沒有其他地方想去，他可以多請一天假。她聽見郭頌謙回答說謝謝，不用了。她聽見他按了兩次喇叭。她聽見他暗罵了兩句髒話。

郭頌謙拍醒她的時候，他們已經到了青城山腳下。她呆坐在車裏，愣了一會兒神，準備下車。

「誒。」腳落地前，她忽然問道，「看見我的手套沒？是不是昨天掉你車上了？」

「沒。」他將臉撇到一邊，看向窗外。

「哦。我去景區談戀愛了。你走。我們等會兒自己找車回市區。」

「誒周夢瑩。」

「說。」

「沒什麼。」

五、2019年 夏

為了順應爺爺的心意，周之航的婚禮改在重慶舉行。作為驕子終歸是沒得選的。從出生開始，樣樣大人眼中的大事，都要放在公共實驗室裏的顯微鏡下，供人仔細審視。爺爺堅持地點一定是重慶，奶奶希望看見新娘穿鳳袍，大姑説迎親隊伍一定要在六點零六分準時從酒店出發，小姑説大紅包至少要包八百個，中紅包兩千個，小紅包三千個。微信群裏每天狂轟亂炸的訊息，周夢瑩幾乎不看。可周之航説他得逐條看並回覆。真是慘。周夢瑩一方面暗自承認周之航的確汲取了成都的天地精華，練就了一身好脾氣，另一方面，又暗自慶幸家裏有這麼一位驕子，所有的火力都朝他開，她也就偷得了些許自由。

周夢瑩拉着行李箱，快步邁向出閘口，東張西望幾眼後，終於見到那兩張可愛的臉。她盡量壓低開心的叫喊聲，和準新娘抱了個滿懷。兩人緊緊擁抱，説了好一會兒想念、恭喜之類的話。

「周啾啾，不要一直抱起我老婆啃。」周之航笑道。

「琪琪。把你屋這個姓周的管緊點兒。一天最好只給一頓飯。」周夢瑩鬆開懷抱，一拳砸在周之航的肩膀上，「這位周姓同志已經在幸福肥的路上越走越遠了。」

周之航一面笑，一面將三人的行李擺上推車。

爸媽作為大家庭裏著名的兩位甩手掌櫃，只承接了接送重點親友這一項業務。當然，他們理由充分。爸總是工作繁忙，四處出差。媽離不開爸。一輛只載五人的車，他們也要齊上齊下，把車塞得滿滿當當，絕不分開行動。他們一會兒詢問三人各自的工作情況，一會兒抱怨來時遇見的下班高峰，一會兒又聊起前兩天在飛機上偶遇張召忠，這裏哪裏，滔滔不絕，彷彿三人回來的主要目是陪他們吹龍門陣。

「對了啾啾妹。崔叔叔說他兒子最近搬去香港了。你空了跟他吃個飯。我們留了你電話號碼的。」

「這個時候搬來香港？腦殼是不是有點問題？」

「嗨呀，又不是喊你相親。你媽我是那種人？外頭現在這麼亂，只是想你多個朋友，互相照應。乖。」

周夢瑩沒再還嘴。在她心裏，爸媽已經稱得上是講理且開明的父母。

最難應付的，永遠是席間的堂姑表姨。她們拉着她的手，一邊大罵香港現狀，一邊追問某包與某表的價格，落座後，又一邊讚歎她的獨立自主，一邊讓她趕緊回來，有大把好小伙等着給她介紹。太久沒躺在顯微鏡底下，周夢瑩一時難以適應，那句埋藏在心底已久的 F 字開頭的短語，在喉頭間蠢蠢欲動，即將脫口而出。

「我和琪琪在北京的新房子裝好咯。」

要不是周之航及時出面解圍，她今天一定要讓這幾個婆娘好看。

「琪琪。嫁到我們屋，真真是委屈你了。」周夢瑩湊到琪琪耳邊低聲說，「以後過年過節我不在的時候，這幾個婆娘如果敢為難你，你馬上跟我說。我挨個來罵。」

「笑死人咯。」琪琪嘻嘻笑道，「你全當沒聽見不就好咯嘛。換我，就當自己是聾的。」

琪琪説罷，給周夢瑩夾了一筷子雞蛋乾。

家庭就是個如此矛盾的綜合體。上一秒還誓要叉着腰跟七大姑八大姨對罵三個回合，下一秒，對着真誠又溫暖的人，又瞬間沒了脾氣，整個人軟軟綿綿，感受到的全是家的美好。

這種真誠與溫暖似乎是與生俱來的。周夢瑩想起剛認識琪琪那會兒，她紮乾淨利落的馬尾，穿藍白相間的校服，帶着自己穿街走巷，找一家蛋烘糕攤。是一位笑咪咪的大爺擺的攤，雞蛋味全成都最濃，並且只要兩塊錢。她這麼説的時候，梨渦也在陽光底下開了花。她本可以過更輕鬆愜意的生活的。找份喜歡的工作，生兩個孩子，最好是兩個像她一般漂亮的女兒，周末帶女兒們遊山玩水，成都周圍那麼多好山好水，去不完的。可她選了個熱愛科研的男朋友。放眼四周，那麼多通往好山好水的快車道，她偏偏要走最崎嶇的這條。擁擠的公共交通，漫長的通勤時間，還有那壓得人喘不過氣的房貸。實在難過的時候，她也打電話來自我調侃一番。通常話還沒講完，鍋裏剛下炸的魚就開始滋滋作響，然後她又愉快地聊起炸魚來。她的笑顏十幾年沒變過，在一眾齜牙面孔裏，始終如春風般和煦。

光線昏暗的船艙裏，一幫起哄不成的老友們，嬉笑着往她和周之航臉上抹蛋糕。周之航終於頂不住群眾的笑鬧，深深地吻住了她。

親眼看家人深吻，感覺比第一次偷看三級片還羞恥。周夢瑩連忙別過眼，轉身避開熱鬧人群。

「怎麼？觸景傷情了？」

陸雨寒站在船艙門與欄杆的中間，眼裏透露出些許疲憊。這樣的疲憊從他成年後就未曾遠離過。

「觸什麼景？傷什麼情？」周夢瑩不解。

他緩緩走到她身邊，靠在欄杆邊，悠悠道：「我媽說你和郭頌謙分手了。」

「哦。不至於。我們是和平分手。」

「你怎麼不跟他走呢？」

「你媽跟你説得多嘛。還跟你説什麼了？」她笑道。

「還是那些套話嘛。這次我應該好好抓住機會，再也不要讓你溜走了嘛。」他聳聳肩，對她擠出一個無奈的笑。

「哈。她只是想你去香港看她，又不好直説。」

「可能嘛。」他轉過身，望向江畔的點點星光。

她也跟着轉過身，「我不想去另一個有時差的迪士尼。我不走的原因，這是其一。其二，決定要走的人太多了，我升職加薪了。」

「升職加薪算什麼。」他側過臉，真摯地看着她，「你也應該走。去做你真正想做的事情。」

「説得輕巧。」

「只要你去。南極北極，上天入地。我養你。」他頓了頓，「我的意思是，我家的客房永遠借你。」

慌亂是有的，但她早已不是輕易露出馬腳的小女孩。

「笑人。我屋不是大富大貴，也還算是體體面面，用得着你屋那間客房？」

「你曉得我們成都人假打嘛？我們通常只借一些借不出去的東西。」他笑道。

她暗自鬆了口氣。

「你曉得我們重慶人喜歡打腫臉充胖子嘛？我屋體體面面，但是給不起我屋的科研人員一套體面的房子。我就搞不懂了。我伯伯堂堂一位大學教授，區域內也算是有頭有臉的人，培養一個這麼好的娃兒，兢兢業業、踏踏實實的娃兒，結果娃兒居然只能住五環開外。」

「五環外有什麼不好？」

「是是是。沒什麼不好。何不食肉糜，還有人住燕郊，可以不買房，怎麼不乾脆租個近點的。這些我已經聽飽了。但是，但是，可不可以再分一些科研機構去其他區域？既然什

麼好菜都要往碗裏夾，那麼，能不能再改善一下交通設施？地鐵班次是不是可以再密集一點？」

「我認為只要當事人沒覺得不好，那就是好。」

「當事人溫良醇厚，憨憨傻傻。他懂個什麼。」

「他懂個錘子。」

兩人相視而笑，久久不止。

遊船，繼續走馬觀花似的進行着城市的觀禮。他們各拎一瓶山城啤酒，沿着船來回走了兩圈，隨後找來兩把塑膠椅子，仰在甲板上吹風。兩岸燈光恢弘，高樓林立。只有這股悶熱的風，吹進毛孔裏，讓人感覺熟悉。

「明天你送好多？」他忽然問。

「你應該問你們院子裏那些發小，而不是問我。」她答。

「我就一個發小。他是明天的新郎倌。」

「絕了。你老實説是不是長期用這招逗妹兒？『我就一個摯愛，她就坐在我旁邊。』百發百中哈？」

「行了。支票甩出來看一眼。我不想跟你差太遠。」

「你真的找錯人要標準了。我的支票不是寫給你發小的。我的支票，是寫給人類未來的，是寫給祖國復興的，是寫給川渝驕傲的，是寫給周家驕子的，是寫給琪琪老公的。」

「好大的口氣。等於説你寫了一艘太空船？」他露出一個十五六歲時常有的笑容。

她希望這樣的笑容能夠停留久一點，再久一點。於是她撅着嘴，假裝思考了一番，然後緩緩拎起啤酒瓶，輕輕碰了碰他的。

「你曉得以前我住小北門的時候，逢放暑假，琪琪時不時會來我住的地方過夜。如果我不在，周之航又恰好回了成都，周之航就幸福了。他可能專門挑我不在的時候，回來的。總之，那天我進屋，發現陽台上掛滿了已經曬乾的牀單被套。窗簾是洗過的。冰箱裏有炸好的魚、燉好的牛肉。卧室裏換

好了新的牀單，牀單上面放了一個小小的、包裝好的禮物。拆開有一張小卡片，上面寫了一些『他們去北京了，照顧自己』之類的話。卡片底下是一輛迷你版的甲殼蟲模型。那是琪琪最喜歡的汽車款式，灰藍色的。明天，我要送他們兩個車輪。」

「是不是這個配置的兩個車輪？」

他放低啤酒瓶，從錢包裏掏出一張寫好的支票。

看清數字，她有些驚訝，隨後打趣說：「你們成都人還是勤儉持家的，一塊錢都要省。」

他笑着收回支票，「好意頭的數字。」

「2019年了。陸雨寒。2019年了。破除封建迷信七十年了。這種數字好意頭的説法簡直是——」

「Cheesy嘛。Shallow嘛。我曉得的。」

上岸後，他説要送她回家。他叫了代駕，和她一同坐進後排。

街景如記憶般，從眼前呼嘯而過，那座橋，那條路，那棵樹，皆由昏黃閃入一片黢黑裏。音響裏，慵懶男音低聲唱着：「But I'm a creep, I'm a weirdo.」

連歌都是精心挑選過的。他心裏自然是有她的。上次坐在相同位置的時候，她就知道了。她清楚記得手套擺放又消失的位置。那又怎麼樣？難道他們要像所有爛俗劇情一樣，滿足所有人的期待，成了眷屬嗎？那也太不酷，太經不起推敲了。這中間稍有差池，她隨時失去自我。她不願冒險。這世界處處是陷阱，令人頭暈目眩的愛情，也許就是其中最大的那個。可他們又該如何繼續相處？兩人間的微妙氣氛已令到朋友關係難以維持。睡一覺吧，兩人則很可能在未來的某一刻，永遠地失去對方。

正惆悵，他先開了口。

他説，最後他還是找到了她的手套，但是忘在了家裏，下午想起後去買了一副一模一樣的。

街燈透過車窗，打在他的右側臉，忽閃忽閃。他眼底的真切，清清楚楚地映進她的眼裏，逃無可逃，避無可避。

她想吻他。

還好代駕司機及時踩下煞車，説他們的目的地已到。

明天見，他説。

她點點頭，接過手套，下了車。

六、2022年 春

「溝仔呀？邊條啊？」Mandy摘下口罩，啜了一小口咖啡。

Mandy彷彿是有某種雷達，任何男女之事都逃不過她的火眼金睛。

周夢瑩用紙巾將筷子認真擦拭了一遍，遞到她手上，強調說：「佢溝我。」

「我唔信。」她接過筷子，調皮地眨了眨眼睛。

在Mandy看來，任何關係都是相互的，有來才有往，有借才有還。重點在於為什麼要借。一切的借，都不過是因為貪戀還時那一眼罷了。對於關係裏那些是非曲直，她自有一套分析體系。當然，這不過是她龐大分析樹上的一片葉。她有的是趣聞軼事要分享，午餐一小時並非專用來談男女之事。老闆昨天會議上的某句話是説給誰聽的，最近吃過的哪家吞拿魚腩最正，哪位前同事的新東家人工加得最高，美孚新邨發生過什麼靈異事件。一餐下來，周夢瑩的雙眼瞪得發酸，脖頸因住的點頭而得到充分放鬆。排隊結帳時，背景音樂

忽然切換，熟悉的旋律響起，讓人不禁揚起嘴角。歌手一開嗓，又惹人捧腹不已。

這家泰國餐廳，外牆粉刷得粉粉綠綠，內裏佈置得整整齊齊。可它卻總播一些稀奇古怪的泰文版華語金曲。興許是文化差異，一首《甜蜜蜜》被翻唱得淒美哀怨，沒聽過原版的，一定以為這首歌在唱：「是你，是你，中環負心漢就是你。」

Mandy出門後還在模仿歌手那怪異的腔調。

「做咩念經呀你？想削髮為尼呀？」周夢瑩笑道。

「幾好聽啊。」她哼着歌朝歌賦街方向邁步。

他們要去Homeless給Erick挑禮物。他下周一就離開公司，下下周一離港。他在公司工作了十二年，在香港生活了三十七年，有一個剛上幼稚園的兒子，一位恩愛的太太。三個人，十件行李。很難，但他沒得選，他説。

「不如揀嗰個公仔畀佢個小朋友啦？機上面呢，可以攬住。」Mandy指着一個布偶小聲説。

「人哋十件行李喎，揀啲慳位嘅嘢啦。」周夢瑩説。

「啱。」Mandy 拉着周夢瑩走出商品店。

她建議，不如趁明晚人多，大家集資訂一個大蛋糕，開心又不會霸佔人家的行李位置，同事之間本就不必留什麼特別紀念。

周夢瑩説好。

「叫埋你條仔啦。」她又説。

「癡線。」周夢瑩説。

「你唔叫你條仔，我點好意思叫我嗰條啫。」她轉身走進咖啡店。

她一天要喝三杯。早上黑咖啡，午餐港式咖啡，下午低咖啡因拿鐵。

帶不帶他去？下班路上，周夢瑩認真考慮着這件事。陸雨寒

來的目的，未知。她猜想過。也許，他的信念突然在某瞬間崩塌，需要一些撫慰和陪伴，如今的世道，這再正常不過了。也許，他還在為2020年的事悲傷，真正的悲傷總是遲一步到來，抓心撓肺、猝不及防。也許，他只是感覺寂寞，卻又苦於沒有合適的對象，想要跟她貪歡一陣子。又或許，他其實什麼也沒想，只是真心想見見一個好朋友，如此而已。他沒開口講，她亦不會開口問。總之，這幾天，她起牀時，早餐已經擺在餐枱上，下班到家時，晚餐就在鍋裏滋滋作響。她有點不習慣，倒也很快適應。適應後又開始隱隱擔憂。她不知道這樣的關係要去到哪裏、什麼時候結束。她不曾真的和一個男人分享過生活的全部。陸雨寒已經知曉她的一大半，她還要讓他得寸進尺、一把撈乾嗎？

一到家，見到他那張白淨標緻又自帶三分憂鬱氣質的側臉，她又想：難道要放任他將自己困在這小小的公寓樓裏，足不出戶，沒有任何社交嗎？

想到這裏，她溜進廚房，抱緊他的腰，問道：「明晚一起出去吃飯？我同事 farewell。」

他繼續翻炒鍋裏的青椒肉絲，待全熟後，才按熄電磁爐和抽

油煙機。

「你們不怕限聚令？」

她無法從此問句辨別出他的真正意願，但他指出了一個重要問題。「Shit ！」

周夢瑩立馬給 Mandy 發訊息。

Mandy 卻説，沒人會在周六的夜晚，跑到荒郊野外查崗。

「誒陸雨寒。你到底去不去？我現在是明面邀約。」

周夢瑩有些不耐煩了。

他坐在對面，像看街頭雜耍藝人似的看着她，笑道：「去。當然去。」

他們照例一起洗碗，一起散步，各自看電腦，又一起睡覺。換以前，這樣的生活，她一天也過不了。奈何他們前戲過長，後勁太足，時間竟這樣緩緩流逝，自然而然，毫無痕

迹。待她醒過來時，已是新的一天。

Mandy給的地址顯然不是荒郊野外。周夢瑩攔下計程車，決定照去。罰單算什麼。過去已有太多的別離她沒機會好好處理，如今她珍惜每一次相聚。

車停到工業大廈樓下時，天已經黑了。下車前，陸雨寒問等會兒應該怎麼介紹他自己。

「就說你是Justin，隔壁部門的新人。」周夢瑩答。

「居然連名字也給老子改了。」他低聲抱怨道。

門一開，是一屋子五光十色的人。彩色燈飾和桌間燭火齊齊閃爍，映在一張張熟悉或不熟悉的臉上，別樣生動。他們舉着紙杯，低聲說笑。

周夢瑩徑直走向主角，打趣道：「Last day之後又last day。唔捨得走啊？留低啦。」

「走得啦。Time for old sea food say goodbye啦。」Erick

笑道，隨後轉身抽出一隻紙杯，遞給陸雨寒，「Allen？飲咩啊？我哋有紅酒白酒同埋 Sake。」

陸雨寒接過紙杯，展開一個業務員般的微笑，說他很不好意思來蹭酒，半杯 Sake 再好不過了。

「Justin? 你幾歲？很好耍是不是？」陸雨寒輕掐一把她的腰。

她承認很好耍。她喜歡他像現在這樣，有點惱，有點急，聲音低沉，還有點性感。

「兇喔，Justin。本 senior 手持一隻小鞋，正考慮該給哪個穿呢。」她瞪他兩眼。

她還想再逗他兩句，卻在一片黑暗中被 Mandy 抓住了手腕。

Mandy 身著一件藏藍連衣裙，剪裁妥帖、款式別緻。妝是精心化過的，望上去乾淨淡雅。

「傻豬豬。有嘢想同你講。」Mandy 有些焦急地拉過周夢瑩，見到陸雨寒，又敷衍地問了聲好，「Allen 你好。我是

「Mandy，借一下你朋友先。」

原來Mandy的朋友就快到了，而她口袋裏的口香糖已經嚼完。

可以暫時忘記安全套，包裏得隨時備有口香糖。這是Mandy的約會首要原則。

周夢瑩只好拉着陸雨寒下樓，滿大街找7-11。

「她不是原來給你穿小鞋那個Mandy嗎？」

路燈把陸雨寒的影子拉得長長的。

「記這些八卦你是第一名。」周夢瑩説，「也不算穿小鞋。我們確實曾經短暫地針鋒相對過。可能那個時候我們太年輕，還不夠了解對方。現在很好啊。説開之後，照樣做朋友。」

「有時候我真的很佩服你。」他説。非常真誠地，又好像很無可奈何地。

「只是有時候啊？」她幫 Mandy 選了那盒蘋果味的。

他沒再接話，只是默默地陪她沿着祥利街走。

經過一個馬路口，他試圖牽她的手，她下意識地把手揣進兜裏。

她還不曉得這段關係該如何定義。她可以隨時牽起 Justin 的手，卻不敢輕易觸碰 Allen 的心。

待他們再次回到活動房間，談笑聲已經變得放肆。

別愁離緒像是被藏進披薩盒裏的那張紙，只有燈光閃過縫隙時，才能瞥見它油浸浸的真實模樣。不知是誰起的頭，開始細數 Erick 在公司幹的光榮事蹟，樁樁件件，狂笑不止。終於到 Erick 講話，他收斂起誇張的笑容，一本正經地說，職業生涯裏寫過無數封郵件，寫得最好的一封就是說再見。只有說再見時，才發覺老闆還算善良，同事真是可愛，茶水間的咖啡其實不錯，復活節抽到的朱古力彩蛋，抽屜裏還剩三個。他忽然有些哽咽。

「早知畀晒我啦。嘥氣。」人群裏有人打趣道。

大家又開始狂笑。

「做咩呀傻豬豬？眼紅紅喎。」Mandy 湊近周夢瑩笑道。

「因為你爭我錢咯。頭先嗰包嘢啊，你快啲找數畀我啦。」周夢瑩輕輕捏了一下她的臉蛋。

開了很多玩笑，喝了很多酒。月光下的十字路口，說完再見又再見，道完珍重再珍重。

回到家，周夢瑩感覺整個天花板都在打轉。強大的生活記憶支撐着她衝進衛生間。卸妝、洗臉、洗澡、刷牙。十分鐘後，她一頭栽進舒服的被窩裏，任由那些五彩燈光繼續在眼前閃不停。

「誒周夢瑩。吹頭。你頭髮還是濕的。」

她不想理睬，乾脆用枕頭把自己蒙住。

陸雨寒蹲在牀邊，扯開枕頭，不知在哪個插座插上了電風筒，幫她吹乾了頭。

然後她在迷糊中聽見了門聲、水聲、腳步聲。

就在她快要睡着時，他俯身在她耳邊，帶着戲謔的口吻説：「傻豬豬。冰箱裏沒牛奶了。我下去買牛奶先。」

她猛地翻身，將他壓在身下，認真警告説：「你兩牙尖！」

他毫不客氣地將她放倒，扣緊她的十指，低聲説：「兇喔，周夢瑩。」

她借着酒後蠻勁，再度翻過身。這次，她緊緊貼着他，親了親他的眼窩，舔了舔他的唇角。

他用殘存的理智開始思考一件事：到底有什麼是她搞不定的？跨學科的工作崗位，陌生的語言環境，複雜的人事關係，交錯的文化背景。重重高山，層層疊疊。而他，不過是這中間的一座小小山丘，她輕而易舉地攀登、翻越，最後留

下一地深深淺淺的腳印。

第二天，他果然睡過了頭。透過門縫，他瞥見她穿着衛衣和牛仔褲，似乎準備出門。

「誒，周夢瑩。」

他起身從衣櫃裏取出一對襪子，走到客廳。

「怎麼了？家裏好像沒牛奶了。我打算出去買。」

她拎着口罩，眼裏充滿疑惑。

他上前蹲下身，脱下她腳上那一白一粉的襪子，換上整齊的一對。

她搞不定她自己。

七、2012年 夏

林曉然吩咐他去後面街買一束花，紫繡球配黃玫瑰。

「這是迎接客人的基本禮貌。」林曉然説。

其實於他，周夢瑩並非客人，兩人之間也根本不需要禮貌。但他從不為了少走十分鐘的路而跟女朋友唱反調。所以花，還是買了。兩束。另一束粉百合是送給林曉然的。她時不時就會去街市買一束這樣的鮮花，修修剪剪，然後插進公共廚房的玻璃瓶裏。

他們的第一次攀談，就發生在那個花瓶前。那天夜裏，舍友們都跑去地下活動室開派對，而他照例在房間裏打遊戲。到廚房斟水時，他偶然撞見一個清瘦的背影，正擺弄着枱面上的花。興許是太久沒跟人講話，他隨口問了一個關於花的問題。然後她轉過頭來，臉帶微笑，笑裏藏着一點倔。他立馬心動了，於是多取了一個茶杯。兩人對飲一壺茶，相談甚歡。很自然地，他們開始相約去圖書館，去 Costa，去電影院，去 Nando's。後來，他們又去了布萊頓，去了約克，去了巴斯，去了倫敦。再後來，他們一起逛宜家，逛 Boots，

逛 Tesco，逛瑪莎。逢雨天，他們就去瑪莎買一個檸檬芝士蛋糕，窩在房間裏看電影。過夜時，他們從不試圖掩人耳目。舍友大都來自不同國家，廚房碰面便禮貌性地打聲招呼，關上房門，連名字和面孔都不太能對上號。他們也鮮少參加各自班裏的聚會，有聚會就有圈子，他們恰好都不混圈子。或者說，他們恰好是兩個異國他鄉的孤獨靈魂，因為一束花，而走到了一起。

「然，你的花。」

她喜歡他這麼稱呼她。

「好漂亮喔。謝謝你。」

她也喜歡這束花。

沒過幾分鐘，周夢瑩就從新街站快步走出來。她背着牛仔雙肩包，一手推行李箱，一手用力揮舞。她的頭髮像是下進滾水裏的即食麵，十分誇張。當然，更誇張的還是她的肢體動作。接過林曉然手裏的花後，她一拳狠砸在陸雨寒的肩膀上，彷彿兩人十年沒見似的。但明明春節期間才碰過面。她

抱怨英國的天氣，誇讚林曉然選的花，調侃他熨貼的卡其色休閒褲。他作勢要拉過行李箱，她卻抓緊把手，只顧和林曉然講話。他認輸，默默地退到兩人身後。

「哈。我們這相當於是網友見面了。」周夢瑩笑道，「之前讓陸雨寒帶你回來玩，他老是推脫。生怕我們這些生猛的川渝人士把你嚇跑了。」

林曉然側着臉，含笑打量周夢瑩，「你髮型的確還蠻猛的。可是臉又小小的，人也漂漂亮亮的。」

「沒有啦。」林曉然展開笑顏，繼續説道，「其實是因為我的證件辦起來會比較麻煩。我人很懶，所以跟雨寒沒關係。」

周夢瑩轉過頭，打趣陸雨寒説：「我好喜歡這位女網友。施主不如你放手，成全我吧。」

以往聽到這些俏皮話，他也許會笑笑。此刻，他完全笑不出來。他甚至有些生氣。剛剛仔細辨別過了，生氣的由頭是一股由心底產生的，止不住往上冒的，厭惡。他厭惡她的頭髮，他厭惡她的白色T裇，他厭惡她腰間繫着的藍白格子襯

衫，他厭惡她的煙灰九分牛仔褲，他厭惡她的匡威帆布鞋，他厭惡她說話的語氣，他厭惡她走路的姿勢。他厭惡她的突然到來，打破他的規律生活。他本該趁着陽光大好，帶林曉然去一趟野生動物園，然後回宿舍，看書看劇做愛。空虛與虛無像是這個國家密佈的烏雲，時常籠罩着他。唯有秩序的生活提醒着他時間的緩慢流動。更多時候，他感覺到一種筋疲力盡的累。應付大考小考，累。應付大論文小論文，累。應付一日三餐、吃喝拉撒，累。

應付遠道而來的任性友人，最累。放下行李後，周夢瑩馬不停蹄地趕去倫敦聽露天演唱會。他不知道她搭什麼車，去聽誰的演唱會，哪來的演唱會門票，到底回不回來過夜。很有可能，她只把這裏當作一個臨時的行李寄存處。想到這裏，他內心蓄積的厭惡又上升到一個新高度，連晚餐也全然沒了胃口。

「不要擔心。夢瑩說她會和高中同學一起回來。」林曉然說。

「我不是擔心。我只是覺得煩。之前我媽來，你朋友來，我都有這樣的感覺。我只想安安靜靜過兩個人的生活。」

陸雨寒舒了口較長的氣，端起水杯，望着窗外的夜色出神。

「我們的二人世界差不多過了快一年了，雨寒。偶爾有好朋友來造訪一下，應該要開心一點。」

林曉然説完這番話，盤裏的牛排也切分好了。

她貼心地將切好的這盤推到他面前，微笑着説：「快吃吧。」

半夜兩點，周夢瑩給林曉然打了電話。林曉然穿着涼拖，匆忙跑下樓給她開門。陸雨寒拎起門背後的外套，也跟出房間門。

他以為她一定喝得爛醉，十分頹喪，就像所有標榜自己是嬉皮士的未成年一樣。但她沒有。她精神抖擻地進了門，眼睛四處打量一番後，放低音量問：「不違規吧？」

「違規又怎麼樣？」陸雨寒給林曉然披上外套，不耐煩地説，「門都已經給你開了。」

「雨寒你好好講話啦。」林曉然説。

「聽見了嗎？好好講話。」周夢瑩做了個鬼臉。

他厭惡她的嬉皮笑臉。

「夢瑩，你是去聽誰的演唱會啊？」林曉然問。

「紅辣椒樂隊。你聽他們嗎？」周夢瑩一邊爬樓梯，一邊小聲哼唱，「take it on the other side, take it on, take it on.」

他厭惡她的歌聲。

「Shut up.」陸雨寒說，「不要在英國宿舍唱美國樂隊的歌。」

林曉然引她進廚房，說是一起喝杯茶。

她邁入廚房，徑自坐在他晚餐時坐過的位置，同樣也被窗外的夜色吸引了注意力。

只三秒，她就從那種似是思考又似是發呆的狀態裏回過神來。

她起身拉開餐椅，跳上餐桌，背着夜色，翹着腿。

「誒林曉然。你的側臉讓我想起桂綸鎂，是一種很特別的氣質。這種氣質好像只有台灣女生才有。我現在不得不懷疑，台灣的特產其實是桂綸鎂。」

「你講話也太有意思了吧。」林曉然一邊沖茶，一邊回頭衝周夢瑩笑，「沒有啦。你講得我有點不好意思了啦。」

「不如講講你的演唱會吧。」林曉然遞給她一杯綠茶，陸雨寒則接過另外一杯。

「噢，謝謝謝謝。」她雙手捧過茶杯，笑道，「舉着啤酒當熒光棒呀。跟着一起大聲唱呀。很過癮，很快樂。感覺腳是實實在在在踩在地上的，能感受到人與人之間那種，最基本的，最原始的，那些同源的東西，在大地表面急速流動。」

「那叫共鳴。」陸雨寒説。

「你言簡意賅，你贏了。」周夢瑩説。

三人忽然陷入一陣沉默。

「對了，你男朋友怎麼沒一起來呢？」林曉然問。

「噢，他還沒考完試。他們臨牀醫學是我們整個學校最晚放假的一批。」周夢瑩答。

「臨牀醫學，和你學的很不一樣呢。你們怎麼認識的啊？那種社團活動嗎？我知道內地的學校有很多社團活動。」

「一個心理學培訓班。我們學校去年暑假開過一個短期課程，關於心理學的。我覺得很有趣就報名參加了。走進班裏一看，我才發現課程是面向全成都開放的，席間不少是大媽大叔，於是趕緊找了個年輕人扎堆的位置坐。他就坐我後面。我剛坐下，他就戳了戳我的背，遞給我一張小紙條，説是我的鞋帶沒繫好。你知道這種培訓班很有意思，老師會教授一些基本的心理諮詢技巧，然後讓你兩兩一組，互相練習。我和他恰好被分到一組，我們面對面坐着，目不轉睛地看着對方，一直笑。後來，就很順理成章地在一起了。」

「好像高中時期的戀愛喔。現在很少有男生會寫紙條了。」

「絕對不是高中的戀愛。我們是很成年人的戀愛。我們常常買兩瓶啤酒，靠在九眼橋邊，邊喝邊觀察那些過往行人。紅男綠女，各有故事。同一個男生在同一個晚上，帶不同女生回不同的酒店。這樣的情況我們常撞見。還有一次，一個醉酒大叔莫名其妙追着我們跑了三條街。」

「這是我聽過的最八卦最無聊的約會方式。」陸雨寒忍不住評價説。

「無聊嗎？我們覺得很好玩。」周夢瑩放下茶杯，聳了聳肩，「如果提到有意義，我們打算明年暑假一起進甘孜裏面支教一個月。」

支教。陸雨寒在心裏輕蔑地笑。這實在是太典型了。對於看過幾部賈樟柯就自以為能共情無產階級的中產來説，支教大概就是彰顯他們「三峽好人」特質的重要途徑。在他看來，這種行為不過只是自我感動式的做作表演。一個月。能真的教授什麼有用的知識嗎？能真的改變另一個人的人生軌迹嗎？最後不還得參加省內高考，或者甚至連高考機會都沒有嗎？他敢肯定，周夢瑩和她那個書呆子男友從來沒思考和討論過這些實際問題。他們一定認為很多事情是可以改變的。他們

沉浸在高速發展的美好幻象裏，陶醉在理想主義的封閉環境裏。如此陶醉，以至於初來異國，也要學得像樣。喝廉價啤酒，聽搖滾音樂會，多麼反叛，多麼與眾不同。她買八千塊的往返機票，就是為了刻意彰顯這種與眾不同。

他厭惡她的與眾不同，就像她厭惡他的卡其色休閒褲。

「像夢瑩這樣的小美女，應該沒人不喜歡吧？」

林曉然微微轉頭，對陸雨寒說。

雙人牀本就窄小。陸雨寒乾脆再挪近一點，將左腿放進林曉然的雙腿中間。

「我喜歡過她的。如果你想知道的話。十五六歲的時候。現在你也見到了。她還是十五六歲，而我已經二十歲了。」陸雨寒說。

林曉然只是笑。

「明年一起回去，看看九眼橋長什麼樣子，好嗎？」她問。

「當然好。」他答。

第二天大清早,他收到了這樣一條訊息。

「喂。我走了。我高中同學在布達佩斯等我。她說黃昏的自由橋匯集了形形色色的人。彈結他的,談情說愛的,看夕陽餘暉的,看波光粼粼的多瑙河的。我曉得,你現在對這一切都提不起興趣,你守着你那扇只能望見對面屋簷的窗,只盼着快點畢業。説實話,我一點也沒感覺你在留學。我感覺你在浪費生命。不過也是。在你們這些卡其色休閒褲眼裏,生命本來就是用來浪費的。説中文時夾雜英文,讓人聽着別扭。別再這樣説話了。林曉然是很不錯的女生,you lucky dog。(哈。我竟然也入鄉隨俗了!)好好珍惜人家。回見。」

他放下手機,將雙手枕在頭後,試着讓腦袋放空。耳邊卻忽然響起昨晚那首歌。

「Take it on the other side, take it on, take it on.」

他起身,拉開門。

原來是林曉然在衛生間裏放着音樂洗漱。他們在鏡子裏相視一笑。她遞給他擠好牙膏的牙刷，他接過牙刷親吻了一下她的頭髮。然後兩人對着鏡子各自刷起牙來。

八、2013年 夏

她的頭髮終於回歸正常。又黑又直的髮絲，又平又齊的瀏海，襯得她那雙靈動的大眼睛格外閃亮。她還是用力揮舞右手。不過這次，她站在閘口外。

「累嗎？」她上前擁住林曉然，不知從哪裏掏出一個熊貓掛飾，笑道，「我們重慶沒什麼特產，成渝是一家，四捨五入，這隻就相當於我們的特產了。」

「噢，謝謝。謝謝你夢瑩。很可愛的小熊貓。」林曉然將掛飾攥在手裏，笑着回應道。

陸雨寒從不認為成渝是一家。成都不像重慶這般，一出航站樓，熱浪便在眼前起起伏伏，悶熱空氣從四面八方湧過來，鑽鼻入喉，令人窒息。

周夢瑩戴着她那副白色墨鏡走在前面，並讓他們在路邊等兩分鐘。兩分鐘後，她站在停車壩裏打來電話，説是兩點的太陽正毒，車裏像是蒸桑拿，等車內的冷氣足一點後再開過來接他們。她用命令的口氣讓他把林曉然帶進航站樓裏面等。

他懶得理，站在原地，遠遠地打量她。説她怕冷吧，她穿的是純白短袖T袖、灰黑牛仔短褲。説她怕熱吧，她腳上踩的是一雙中筒馬丁靴。他搞不懂這樣的搭配，就像他搞不懂她怎麼會突然説成渝是一家。成都和重慶是不一樣的，這是他們多年以來為數不多的共識。人是會變的，他知道。但他更想知道，是什麼導致了這樣的轉變。是這三年在成都的求學體驗？是周之航和杜文琪從北京飛回來，給她包了一籠親情迷魂餃？還是她那個書呆子男友給她灌了什麼愛情迷魂湯？以她那個談起戀愛來就不管不顧的架勢，答案多半是最後者。沒有回應的猜測毫無意義。他們很久沒有就着自己的理和對方爭個你死我活了。

正想着，她開着她爸去年淘汰的那輛富豪來到了眼前。她搖下車窗，讓林曉然坐前排。陸雨寒坐進後排，感覺自己有些多餘。前面二位，聲音亢奮地聊着天，像極了《末路狂花》裏那兩位剛上路的女主角。她們對前路波折一無所知。她們只是兩個短暫逃離了學業枷鎖的女大學生，在朝天門偷了一車碟，決定開去荷花池以五毛一盤的價格賣個精光。但在那之前，她們要將所有歌碟依次播放一遍，聽個盡興。她們或許可以成為一對還不錯的情侶，到時他願意放手，他默默地想。產生這樣的想法，連他自己也感到震驚。他發誓，他

只看男性和女性一對一的成人影片，也不曾試圖假想過任何人的感情生活。怎麼突然就有了如此荒誕的想法？他只能理解自己因為坐了十個小時飛機，頭昏腦脹、胡思亂想。畢竟2013年了，哪盤歌碟只賣五毛錢？他該睡一覺了。他閉緊眼睛，聽着她們從音響裏的《Down by the Salley Garden》聊到葉慈，又從葉慈聊到了王爾德，不知怎的又扯到了蘇童，一會兒又說起陳映真來。等一下。林曉然看過陳映真嗎？他表示懷疑。他一時有點分不清這到底是真實還是夢境了。

一個男的給他開了車門。陸雨寒睡眼矇矓，下車後深吸一口成都的空氣，隨後用自己的身高量度了一下眼前人。他有一米七八，這男的比他高出一截頭髮，約莫一米八二。皮膚黝黑，濃眉大眼，身形挺拔，正氣凜然。他承認，面前這位書呆子比他想像中要體面得多。整個人清清爽爽，衣服並沒有皺皺巴巴，也不戴眼鏡。

「嘿。我楚雲驍。先幫你們把行李放到酒店裏面哇？」

「好的。謝謝。」

聽口音，楚雲驍並不是成都本地人，應該也不是重慶人。重

慶人除了調侃三碗三兩番茄雞蛋麵，一句成都話也學不來。

「楚醫生。」周夢瑩蓋上後備箱，走上前來，「謝謝你哈。雞蛋煎餅我兩分鐘就吃完了。」

「跟你說過了。」楚雲驍摟緊她的肩，湊到她耳邊低聲說，「提前吃了午飯再出發。老是不聽話。」

兩人一手推一個行李箱，旁若無人地說笑。

陸雨寒牽着林曉然走在兩人身後，一時搞不清今晚住酒店的到底是誰。

他不知道兩人中間有多久沒見面。在他看來，不管多久，這種黏膩程度都不太正常。

走出酒店，坐回車裏，兩人當然有故意找話題跟林曉然聊。其中，穿插在紅綠燈間，兩人有一段這樣的對話。

「看我幹什麼？」周夢瑩笑問。

「好看。」楚雲驍左手掌着方向盤，右手在周夢瑩的臉上婆娑。

「專心開車。」周夢瑩取下黏在左臉的手，放回原位。

對此，陸雨寒有兩個猜測。要麼，這是他們平日裏的相處模式。楚雲驍需要通過反覆驗證，來獲得某種確定性。要麼，楚雲驍故意要在人前顯示兩人的親密。原因很簡單也很愚蠢。不外乎是向外人宣示兩人已經同牀共枕過了，跟狗撒尿標記地盤是一個道理。無論哪種，楚雲驍都很可笑。

更可笑的是，這位哥老倌竟然提出一起去吃涼山燒烤，並就此提及自己來自西昌。

陸雨寒並不想了解西昌人是如何聚在一起慶祝節日的。

「我以為我們至少是去吃上井。」於是他看着後視鏡説。

「也是。燒烤油膩，林曉然不一定吃得慣。那我們去紅杏好嗎？紅杏是比較老牌的川菜館。是我從小到大，來成都必吃一次的餐廳。當然，去上井也可以。你想吃什麼？曉然。」周

夢瑩從前排轉過頭，對林曉然說。

「我沒所謂啦。什麼都吃的。地道一點的東西吧。上井是吃什麼的？」

「日料。」

「噢。那紅杏吧。開了這麼多年的老店，應該不錯。」

他們當然會大吵一架。不過，用餐時，周之航和杜文琪也來了，新朋舊友匯聚一堂，大家你一言我一語地聊近況、聊台灣，這場嘴仗就順理成章地被暫時延後。席間，他已明顯感覺到敵方熊熊燃燒的戰火。斟飲時，故意略過他。說話時，眼神穿過他的身體，直視牆上的掛畫。搶單倒是跑得比誰都快。這是他們重慶人的特色。不搶到單就對不起「耿直」二字。可以說他們魯莽，可以說他們火爆，可以說他們沒素質，絕不能說他們不耿直。「耿直」簡直就是重慶人的耶路撒冷，誰妨礙他們站在城裏揮舞旗幟，誰就要挨收拾。但他是做好準備的異教徒。

「做個人。」

她試圖一劍封喉。

於他，不過皮外小傷。

「我用我的信用卡，請我的女朋友和好朋友，以及一位未來醫生吃飯，我覺得我是個還可以的人。」

「你覺得你說的是人話？你有沒有做人最基本的禮貌？懂不懂什麼是尊重？」

「我只是想讓我女朋友下個像樣的館子。有什麼錯？」

「是的是的。你沒錯。我的錯。我本來很討厭用這種成都方式解決問題。但我人在此處，身不由己。要是我們現在在重慶，我馬上拎你出門，飛起給你一腳。都是我的錯。我從成都開三個半小時到重慶來接你們，又從重慶開回成都，我的錯。過年唱 K 的時候，你嘲笑我把男朋友藏在衣櫃裏頭，現在我把他帶出來吃飯，害他遭你羞辱，我的錯。你曉不曉得，你今天的所有言行既荒唐又幼稚，像個爭風吃醋的初中生。但我清楚你對林曉然的感情，所以我的理解是，你看不慣我們在你生活過的地方，過自由愜意的生活。你覺得這是

一種冒犯。因為這種生活只有你可以過。我也不是沒想過更壞的。比如你看不起我們，你覺得我們高攀你了。畢竟你現在已經是一副進進出出五星級酒店、IFS，張口閉口信用卡的姿態了。但其實你用的只不過是你老漢兒的副卡。在我心頭，這種姿態等於是在說我們的價值觀存在巨大差異。我接受不了。我剛剛坐在位置上想到這一點，已經動了要跟你拉爆的念頭了。轉過眼，看到周之航和琪琪，突然想起以前，也是這種夏天，我們幾個騎着自行車滿院子跑，簡簡單單，開開心心。然後我勉強幫你找了個佛洛伊德式的藉口。你只是累了。你想家了。回了家又發現，一切跟以前不一樣了。你很沮喪，又找不到地方發洩這種沮喪，索性把目標瞄準了生活在你家裏的我。我的錯。我原諒你。」

聽見了嗎？振振有詞，字字珠璣。每個標點符號都在教你如何做人。她從沒靠近過你三公分以內的距離，但她揚言要飛踢你一腳。她絕對不會親口承認，為了接你，她開了七八個小時的車，除非你把她逼得像現在一樣急。她是成熟懂事、顧念舊情的大學生，你是爭風吃醋、恣意妄為的初中生。她可以開她爸的富豪談戀愛，你不能刷你爸的卡住星級酒店。

「我們臨時決定要回來，只能買到直飛重慶的機票。你沒跟

我說你要從成都專門開去重慶接我們。我以為你本來就在重慶，只是順路。我更不曉得你沒吃午飯，或者甚至早飯。如果你跟我說，我不會讓你開車。」

「你曉不曉得你現在還有一個毛病。拉稀擺帶。我明明在說這裏，你偏偏要說那裏，永遠抓不到重點。或者你根本不想討論重點。矯不矯情？你一上車就睡得像頭豬一樣。跟你說有個屁用。」

這個時候，你只能讓她買單。如果你不願承擔一絲一毫她可能跟你拉爆的風險。

她成功買到單，氣也消了一半。耶路撒冷是屬於她的。

剩餘的一半，她認為的重點。你還得另覓機會。

飯後，周之航提出一起去附近的茶樓打幾圈麻將。不要驚訝。永遠不要低估一位來自成都的未來科研人員。他人生的唯一痛苦很可能不是搞不出什麼偉大的發明，而是打麻將三缺一。

於是機會來了。她必定還得爭着付茶錢。

「我否認你說的價值觀差異。是，我用我老漢兒的錢，但這是在他支持我的範圍內，就像你開你老漢兒的二手車。你從來沒要求一輛新車，我也從來不超範圍消費。我更沒有要擺出某種姿態。如果你感受到了，那應該就是你說的沮喪感。我承認這種沮喪感。我是個普通男人，我有我的虛榮心，我需要某些東西來武裝我自己。我不會為我消費了什麼或是想要消費什麼而道歉。但我為我的虛榮心道歉。」

你必須誠懇。非常非常誠懇。

「你——」

她的訓話顯然還有第二場。你最好乘勝追擊。

「我還沒說完。我覺得你在很多問題的認識上很幼稚。你太相信你的感覺。比如支教，就是個特別愚蠢又危險的決定。不信我們之後再來聊這個問題。還有，你必須清醒地意識到你的局限性。你要曉得你老漢兒的年終獎並不是按年遞增的，遠沒到需要你挺身而出的時候。這個世界就是這個樣子，大差不差了，改變現狀很難，維持現狀更難。」

她不會生氣，因為真正的朋友，説的都是難聽的。

「我還沒枯萎，不應該走進任何一種真理。你也是。」

「我已經枯萎了。年輕的時候我以為金錢就是一切。枯萎了才發現，確實如此。」

她笑了。你們終於達成某種和解。

想起茶錢這回事的時候，陸雨寒已經回到酒店。他一邊沖涼，一邊試圖回想：她到底是如何在與他爭執的同時，神不知鬼不覺地買好單的？

走出浴室，林曉然提醒他吃藥。

「今晚不吃藥應該也能睡着。」他説。

「曉然，我覺得我們需要好好談一談。」他又説。

「我知道，等回 UK 吧，等你情況完全好轉。」她説。

他點點頭，倒進柔軟的牀墊裏，沾枕即睡。

九、2013年 夏

這是一個漫長的夏天。

親友相繼離開成都，沒時間落寞，周夢瑩第二天就和楚雲驍背着包來到甘孜。

支教小學是學生會對接的，坐落在離康定城兩個小時的山裏。天很藍，雲很近，空氣清冽，道路崎嶇。悠閒漫步的黑犛牛，目光柔和的紅喇嘛，隨風起舞的五彩經幡。一切皆新鮮有趣。滿車的歡聲笑語，全部關於未來一周的生活暢想。原定一個月的行程被縮短至一周。項目負責人説，這是滑坡泥石流易發的季節，為了安全，還是提早回去較好。

一周能做什麼？周夢瑩的腦袋裏充滿疑惑。下車不久，她便明白過來。

蜂擁而至的小孩，向他們聲聲問好。走在最前面的圓臉校長，呼吸微喘，雙手撐腰，堆着滿臉笑。

「等等，等等。」項目負責人叫住挪步上前的周夢瑩，笑道，

「照相機還沒就位。」

她後退一步，側仰着臉望向楚雲驍，試圖尋求某種共同的見解。楚雲驍含情脈脈地回看着她，神情裏不見絲毫異樣。

她對任何有作秀嫌疑的行為懷有本能的抵觸情緒。分發物資的時候，她又想，完全的抵觸未免也太過幼稚了些。沉默的付出固然真誠，一旦暴露在鏡頭之下，這樣的真誠必將大打折扣。可如若不憑藉傳播的力量，他們根本無法籌集現場這麼多物資。衣物與書籍自然不必說，甚至有貼心的校友訂了幾個特大號的奶油蛋糕。孩子們高興壞了，圍着蛋糕又跳又笑，不一會兒，竟疊着聲唱起生日歌來。切蛋糕的時候，一個兩個乖乖地排成長龍，不時探出頭，眼巴巴地朝前望一望。此情此景，令周夢瑩百感交集。她感覺快樂，因為孩子們的快樂是如此真實，笑聲是如此具有感染力。她感覺心酸，因為孩子們的快樂來自對於她來說稀鬆平常的事物。她感覺有些沾沾自喜，因為她正在做一件自我感覺良好的事。這種沾沾自喜又使她感覺羞愧，因為她的良好感覺建立在別人的困境之上。

她從來沒有比此刻更清醒地意識到自己的局限性。

「姐姐老師。你沒蛋糕，你吃點兒？」

一個小孩張着天真的大眼睛，笑嘻嘻地遞上蛋糕。

在這場盛大的切蛋糕儀式裏，分到每個孩子手裏的，是非常小的。但當他收到那一小份蛋糕，首先惦記的，竟是分蛋糕給他的人。不是手裏的蛋糕，更不是他自己。

周夢瑩一時有點控制不了翻湧的情緒，眼淚蓄積在眼眶邊緣，就快要掉下來了。

十分矯情，百分軟弱。

她趕忙將雙手環到胸前，低着頭說：「姐姐老師眼睛大肚皮小，你娃娃眼睛小肚皮大。你吃你吃。」

「感動吧？」楚雲驍站到她面前，捋了捋她的頭髮，「這裏的小朋友特別淳樸善良。」

她不覺感動，只覺難過。深深的，深深的難過。

萬般難過不知從何開始説起，於是她點了點頭。

入夜後，特別涼。楚雲驍敞開外套，將她裹進懷抱裏。他的心臟緊貼着她的背。她跟隨撲通撲通的節奏，一步一步地沿着操場走。

「在想什麼？」他將下巴輕枕在她頭頂。

「什麼也沒想。」她邁着八字步繼續朝前走。

剛走兩步，他突然錮住她的雙腿，「曉得我在想什麼不？」

她轉過身，伸手揪了揪他的右臉，笑道：「這位男同學，請自重哈。你想的事情留到我們穿回短袖了再想。」

他笑着將她納入懷中，説出一句嚇死人的話：

「我愛你。」

她驚慌失措。在她心裏，這是一句咒語。她完全沒做好被人下咒的準備。

「我們到這個地步了嗎？」

「我可能已經超過這個地步了。」他輕而易舉地將她抱起，挪了幾步，又放下，「我下午站在我們現在站的位置，甚至在想，等你一畢業，我們就結婚。然後等我畢業，我們選一個你最喜歡的地方生活。這裏也好，成都也好，重慶也好，北上廣也好。」

「我不曉得哪裏才是我最喜歡的地方。我還有很多事情沒搞清楚。」

「你慢慢想。我們有的是時間。」

她以為他一定是被花前月下的陌生環境沖昏了頭腦。

但她忘了他是個醫科生。醫科生記憶力驚人，並時刻保持清醒且高速運轉的頭腦。

一周後，兩人沒跟大部隊回校，而是溜進康定城裏，決定小住一晚。傍晚時分，酒足飯飽，他們逆着折多河的流向朝酒店走。

「又或者康定？也好。」

他在談話間突然提起。

她停住腳步，藉着折多河的奔騰氣勢，毅然決然地提出分手。

他建議回酒店再好好談。她同意。

他們睡了一覺，第二天便分道揚鑣。

來不及收拾戀愛的遺物，她又被家裏二位召喚來了廣西。沒人比這兩位祖宗更能折騰。爸說在百色開會，她就來百色。媽說周末當然要在陽朔過了，她只好又輾轉到陽朔。

終於抵達目的地，天色漸黑，華燈初上。她循着手機地圖找到用餐地點。

院壩裏，二位坐在靠門口那桌，一邊剝花生，一邊竊竊地講着話。

「啾啾妹。幺幺。」

媽揮揮手，展開一個女明星式的笑容。這是她自己的形容。明媚的大笑，剛好只露八顆牙齒，簡直跟女明星沒兩樣。在她的自我認知裏，這還算不得什麼。依然平坦的小腹，依然緊實的大腿，依然細緻的皮膚，才是傲人的資本。更不必説她那溫柔嬌媚的嗓音。要不是你老漢兒當年苦苦追求，我可能早就當歌星了，往年的歌唱比賽，我是拿了二等獎的哈，她曾説。

「我的歌。」她興奮地站起身，朝餐廳內堂走去。

前奏一響，周夢瑩不禁笑出聲。一個半輩子都活在夢裏的人，最鍾情的歌，二十來年不變，依然是《夢醒時分》。

「你聽不膩呀？」周夢瑩問爸，「我起碼聽了三五十遍了。你肯定聽得更多。」

「什麼膩不膩的喲。老夫老妻的了。」爸將煮花生推到她面前，「支教怎麼樣？」

「我和我男朋友在支教的時候散了。」

「小陸啊？怎麼回事呢？」

「是小楚小楚！性格不合。」

「哦。合不來就算了嘛。清淨。」

爸給她開了一瓶啤酒，「下學期就要開學了喲。」

「爸爸，你覺得我以後的路該怎麼走？我好像突然失去了方向感。」

「你如果要問周任鈞的意見。按部就班，找份有意義的工作。再找個好男娃兒，門當戶對的男娃兒。然後再生兩個娃兒，最好一男一女。但是如果你問當老漢兒的意見。你這麼年輕，想怎麼走就怎麼走。」

「我想問一下周任鈞，什麼樣的工作是有意義的工作？」

「有一定社會地位的工作。用腦的工作。用完腦發現最終還是有所貢獻的工作。」

「地位很重要?」

「地位很重要。貢獻同樣重要。不然你以為周任鈞今天怎麼能優哉游哉地坐在這裏和李悅瑩一起剝花生?因為他曉得他的位置和貢獻是匹配的,他心安理得。當然,你也可以問一問李悅瑩。她可能有不同的看法。」

「我才不問。李悅瑩這種跟腳的女娃兒,一輩子是被男娃兒揣在荷包裏頭的田螺姑娘。」

「哪則故事裏頭的田螺姑娘連稀飯都燒得糊喲。」

爸説完,媽也唱完了。爸扭過頭,朝媽輕輕招手,媽手握話筒,回以微微笑。

真是什麼樣的姑娘配什麼樣的螺。

很明顯。周任鈞有一套屬於他自己的、牢不可破的價值體系。在這套體系裏,位置最重要。貢獻不過是位置的鋪路

石。他這麼聰明，如果不是看準那個位置，又怎麼會彎身將一塊塊重石費力搬起呢？

我尊重周任鈞，但我懷疑他的體系。我並非想強調貢獻的純潔性有多麼重要。我只是對這種所謂的「位置與貢獻的完美平衡」表示懷疑。我們怎麼衡量貢獻？計算公式是誰規定的？遠在甘孜深山裏的圓臉校長難道沒有貢獻嗎？為什麼他那疑似哮喘的某種慢性病沒得到有效治療？為什麼他就不能優哉游哉地坐在院壩裏聽他老婆唱老掉牙的苦情歌？

很危險。我知道。請你不要再提醒我。其實也沒你想的那麼危險。我只是發現我無法再以周任鈞為航向標了，如此而已。在以往的成長歲月裏，但凡遇到困惑，我總是從荷包裏面掏出周任鈞贈予我的指南針，為自己指引方向。如今我身處南極，指南針完全失靈，只能憑感覺，靠自己。從某個角度來說，我這算是漸漸枯萎了？不行。我否認。我還能感受到旺盛的探索欲在體內不斷翻騰，上躥下跳。

好在我爸是很通情達理的人。他並不認為探索是一件好事，但他支持我去探索。至於我媽，你曉得的，她太可愛了。她是這個世界上最可愛的人。沒有鬥爭意識的人，總是可愛

的。如果她恰好還喜歡唱歌，那麼她就最可愛。

當我在編輯這條訊息的時候，漓江水正隔着玻璃緩緩流動。江上有幾排竹筏，零星幾盞油燈就這麼在眼前搖來晃去，像極了婁燁的鏡頭。

支教並不是個愚蠢的決定。因為我的所有感受都是真實的。時至今日，我仰望星空，仍能切實地感受到那一絲淡淡的憂傷。（哈。這句純粹是插科打諢，湊字數。隔夜飯吐出來沒？）

言歸正傳。我同意你說的，世界大概就長這樣了，我沒能力改變一絲一毫。我唯有不斷修正自我。可我又害怕自己變成某類陷入修正主義陷阱的投機分子（好繞口啊）。

陸雨寒同志，人生真是一場漫長的鬥爭啊！大多數時候我覺得它有勁。少數時候只想拿起話筒，對着它唱一首苦情歌。

你還好嗎？一段關係走到終點，自然是難過的。林曉然讓我們多關心你。我的關心在這裏湊來湊去，也湊不夠一千字。不必難過，真的。想想，至少你為兩岸的和諧穩定添

磚加瓦過。

好了。我不是很擅長安慰別人。

少看婁燁。少看《麥田裏的守望者》。多想麥田怪圈。多去大英博物館。寫完畢業論文，你就能回家了。

周夢瑩按下發送鍵。

「哪首苦情歌？」

「《夢醒時分》？」

陸雨寒回覆道。

十、2022年 春

「你搞什麼啊陸雨寒？快十年了耶。你們到底怎麼回事啊？」

原本約好聊近況的視像通話，落腳點很快變成聊他和周夢瑩的感情現狀。

「你搞什麼？ Uncle Allen ？」

林曉然的大兒子陸然湊到鏡頭前，奶聲奶氣地問道。

大人們笑得不行。Wilson一邊笑一邊搖頭，起身把小孩抱離客廳。

「這中間很複雜。」陸雨寒跟林曉然解釋説。

「沒有別的意思，但我真的很想説，你們很喜歡把簡單的東西弄得很複雜。就好像所有事情一定要變得複雜，才有意思。」

「可能因為我們成長於一個複雜的社會。」

「當然這個時代也是很複雜啦。」

「是。」

「總之你加油喔。可能是我在格拉斯哥太無聊了啦，還以為你這次去香港，會立刻和夢瑩結婚之類的，還想着我們一家四口能飛來香港玩一下。這兩年，真是快悶死了。」

「之前不是說打算回去嗎？」

「經濟不景氣啊。Wilson面試了好幾家台北的公司，薪水都給得不是很高。」

「那就在格拉斯哥幫我多喝幾杯 Scotch。」

「我會幫你加冰。」

Wilson 在畫面外笑道。

關上電腦，伸個懶腰，泡杯茶，再看看書。他曾在一座以悠

閒散漫著稱的城市，忙得像陀螺。如今卻在這個世界上最繁忙的城市之一，按下暫停鍵。毫不合理。可一切不合理放在這個年頭，又皆合理。

閒適並沒有帶來焦慮和不安。他甚至找到了一些生活樂趣。比如下午四點整，準時從樓下經過的拉布拉多犬和法國鬥牛犬。牠們明明每天都被同一位遛狗人牽在左右手，卻老是像第一次打照面似的，沖着對方汪汪叫。很愚蠢也很有趣，總讓他想起年少的自己和周夢瑩。無數的劍拔弩張與短兵相接，無數的偃旗息鼓與退避三舍。

自從他們睡同一張牀，劇烈的爭吵便減少了。他們開始由身體觸摸對方的真實情緒，而不再藉激烈的言辭宣泄無處安放的情感。每次進入她的時候，他都能感覺到除開原始欲望的一些其他東西。這些東西像一道光，從腦中一閃而過，直插胸口。每當事後他癱軟在她身上，就會想：他們怎麼沒早點做這件事？他們怎麼可以浪費生命到這種程度？當然，來了香港之後，情況又有了些許變化。或許因為這中間又被浪費了兩年，或許因為鋪天蓋地的消極新聞，夜裏的戰況變得異常激烈。有一次，他甚至突破了某種道德枷鎖，對她說了他人生中第一句下流話。非常下流的話。她半咬着嘴唇，深情

款款地望着他，彷彿他説的是什麼感人肺腑的情話。然後她
交纏在他頸間，附在他耳邊，説了同樣下流的話。纏綿過
後，萬籟俱寂，他輕撫她的臉頰，既發誓要好好活着，又感
覺可以隨時去死。

拉布拉多犬與法國鬥牛犬的鬥嘴總是終止於遛狗人的調停。
法國鬥牛犬為了顯示自己是佔上風那方，顛顛走在前頭，不
時也回頭瞥一眼拉布拉多。陸雨寒目送牠們至街尾，不禁好
奇牠們在家裏的狀態是怎樣的。

這時，王叔叔打來電話，説工作簽證的材料已經準備好了，
可以拿去提交。要正式向閒適的生活説再見了。他還沒告訴
周夢瑩這件事的。以前我們太愚蠢，現在我決定留在你身
邊。這樣的話，他説不出口。

這是他在這裏度過的第三個星期五。她承諾為他下廚。她熟
練地將牛排放進烤盤裏，抹點油，撒點鹽，磨點黑胡椒再撒
迷迭香。調好烤箱溫度和時間，再播歌開紅酒。

「誒誒陸雨寒。」她掏出手機，急急咽下小半口紅酒，叮囑
道，「音響幫我關小點兒。我媽打電話來了。」

她匆忙放下紅酒杯，正襟危坐到沙發上。

「喂。媽媽。」她說。

「喂。是小陸嘛？小陸你好。」

陸雨寒驚訝地轉過身，看着周夢瑩抓狂又誇張的口型，會意過來，鏡頭沒來得及調成前置。

「是的。李孃孃。」陸雨寒於是三步跨坐到沙發上。

「陸雨寒來找他媽拿前年買的手表。」周夢瑩解釋說。

「哦。好嘛。小陸。讓啾啾妹好好招待你哈。那孃孃先不說了，你們早點出去吃飯哈。拜拜。」

掛掉電話，周夢瑩鬆了一口氣似的，隨手把電話扔到沙發上。手機震動一聲，她忙湊近看了看，隨後抬眼哀怨地質問他道：「你為什麼要穿睡褲？」

陸雨寒低過頭，看了一眼訊息：沒人穿睡褲找他媽拿手表。

ㄠㄠ，爸爸媽媽祝你們幸福。

「我這是運動褲好不好。」陸雨寒扯了扯鬆鬆垮垮的褲管，「你自己公正地評價。」

「算了。懶得跟他們解釋。」她坐起身，哭笑不得地說道。

「坦然接受你媽的祝福這麼難嗎？」

「現在這個世道，我這把年紀。張三李四他們也會祝福的。」

「他們祝福過你和郭頌謙？」

「那是完全不同的情況。誒陸雨寒，你少在這裏瞎比較。」

「我只是想說清楚，我不是張三李四王二麻子。」

「好好好。你不是麻子，你沒長麻子。我只是想強調，他們的祝福不是真心的。他們只是想我有個依靠之類的。你曉得的，老一輩那一套，『你最後還是要找個男人』。」

「嗯。」他將她壓進沙發裏，輕輕啄吻她的鎖骨，「男不男人你無所謂。我曉得的。」

「你起來。」

「你媽讓你好好招待我，你先招待我。」

「你媽讓你戴套，抽屜裏沒套了。」

「我買了新的。」

「其他事情也沒見你這麼積極主動。」

「哪個説的？我主動開口要了一份工作，下周去辦簽證。」

「哦。那我恭喜你喲。」

「嗯。我謝謝你。」

她好像很快接受了他要留下來這件事，第二天便拉着他來到一家商店，選毛巾。

她選。柔軟吸水又與他相稱的毛巾只有她曉得，她説。

他想她最後應該會選條花裏胡哨的，然後藉此打趣他一番。對此，他當然已經想好了應付對策。可她沒有。她選了那條他一眼看中的深灰色。

買完毛巾過馬路。紅綠燈依舊滴滴答答，照例提醒他牽緊眼前人。於是在德輔道一百四十號，她第十次默拒了他伸出的右手。算上左手，共計十五次。

她一定認為她的白天和夜晚界限分明。夜晚她是墮入慾網的沉淪者，白天她是堅守愛情的清教徒。在他看來，這樣的認知有些擰巴，有些做作。但他也深知，正因這種擰巴與做作，他才得以在沉重的現實世界裏找到點樂子。坐在她對面喝咖啡的時候，他甚至心欠欠地想要吻她，像個十六七歲的高中生。

他不是沒考慮過和她開誠布公地談一談，關於兩人的過去、現在、未來。可多年經驗告訴他，這樣的談話是無效的，也許還會起反作用。她太迷信純粹的愛情，以至於任何摻雜物都要用鑷子夾起，放在放大鏡下一一審視。他經不起這樣的

審視。他沉迷於拆解她的俏皮話，就像小時候玩魔法方塊；他渴望她的關懷，就像牙牙學語的時候等待父母的一個擁抱；他貪戀她的身體，就像青春期時躲在昏暗房間裏不知疲倦地手淫；他十分依賴她身體裏的某種力量，他追本溯源，才發現自己根本沒有的那種力量。

他承認，他的感情既不純潔也不純粹，他渾身上下充滿了人性的弱點，零零碎碎，難以修補。

「我以前常常嫌這條街太擠。」她雙手捧着咖啡杯，望向窗外，「現在我覺得它太冷清了。」

「現在是星期六的早上十一點半。這條街的行人起碼有百分之八十昨晚喝到兩三點。」他說。

「百分之八十裏大概有百分之四十扯着對方的胳膊，反覆傾訴他的真正熱愛。他當初應該堅持搞音樂的啊，住在像柏林那樣的城市裏，偶爾也穿梭於阿姆斯特丹和倫敦。如今他的雙手沾滿骯髒的金色糞土，他對自己好失望。更重要的是，這個世界令他大失所望，他於是只好跟着這個世界一起，極速墮落。」

她看着他的眼睛，唯妙唯肖地描述道，彷彿她就是描述中的
那些失意人之一。

「關鍵是。」她喝了一口咖啡，「當時光真的倒流，他真的做
成某酒吧知名駐唱樂隊，他又會唱『Please don't put your
life in the hands of a rock and roll band』。」

「怎麼感覺你還有點想念那些人？那些清醒又墮落的人。」

「我太想念他們了。他們明明已經離開了，我還在講他們的
壞話。我都不曉得以後該講哪個的壞話了。」

他笑了笑，移眼至窗外。

於他來講，一切正常。電車還是叮叮響，太陽還是明晃晃。
形單影隻的鴿子，邁着細碎的步伐，行走在街道中央。當行
人匆匆路過，牠便受了驚嚇似的，拍拍翅膀，頭也不回地飛
向遠方。

十一、2016年 夏

「這就是你的新窩？你簡直在開國際玩笑。」

陸雨寒環視一周她的新居所後，如此評價道。

「愛住不住。你媽有兩間空房你可以去，你荷包裏頭有大把人民幣，你也可以住酒店。」

她背過身，將鑰匙掛在門後。

「算了。我還是勉強住得下。」他説。

「隨便你。」她轉回身，指着面前那張一層不染的枱面説，「行李箱可以擺灶台上面。」

「這是灶台？灶在哪裏？請問有哪張灶台下面放的是洗衣機？」

為了伸長手，指着攻擊對象的鼻子罵，他向後退了半步。

「我靠。痛痛痛。」

他撞到了冰箱，現在冰箱成了新的攻擊對象。

「這個尺寸，你確定不是車載冰箱？」

她朝他翻了個白眼，將他向後再驅趕了半步，拉開冰箱門，取出兩瓶冰好的飲料。

椰子味的 Cider 是她近來的最愛。一聽說他要來，她就去超市買了幾瓶。除此之外，她還花了四百港幣買氣墊牀，兩百港幣買枕頭，一百九十港幣買冷氣被。她還沒到錙銖必較的地步，但計算到十位數成了她近來的生活日常。從碩士帽拋向天空的那一天起，她就決心要和生活這個磨人的小妖精戰鬥到底。她以為自己做好了心理準備。等親眼見到九千港幣租金的房子時，內心還是遭受了不小的衝擊。她不是沒租過房子。初來香港，租的是學校邊上的公寓。臥室即客廳，沒有廚房，整個房間乾淨整潔，衛生間光線明亮，一個月一萬兩千五。價格算是公道合理。當然，自掏腰包時，她才驚覺整座城市的房租真是貴得離譜，簡直相當於明搶。她算

了又算學校那份研究助理工作的薪水，扣除強基金，扣除交通費，扣除一日三餐，扣除偶爾臭美，留給房租的，就只能是九千。因為她還得擠個兩三千的餘錢給不定時的展覽和社交。於是她眼睛一閉，心一橫，掏出包裹的簽字筆，親手將半袋銀子交給了「搶匪」。還是臥室即客廳，還是沒有廚房。整個房間只有一扇窗，這扇窗望出去，是另一扇窗。衛生間則壓根沒窗，但房東掛了幅希臘風格的白牆藍窗畫在牆上。想來這位房東必定是想提醒租客：心中有窗，何必遠方，再苦再難，也要堅強。

「誒周夢瑩。還有這個衛生間門，這麼透明，我怎麼洗澡？」

陸雨寒用手裏的玻璃瓶將門撞得噹噹響。

周夢瑩指了指衛生間內裏，「這個是乾濕分了區的，裏面還有一道玻璃門。」

「兩道玻璃門加起來還是玻璃門。你想偷看我是不是？」

「笑人。你有什麼值得我偷看的？行嘛。你想現在洗？那我下去買夜宵。」

「算了。反正我要買點洗漱用品。你先洗，夜宵我去買。等我回來之後，請你務必捧起你那本裹腳布雜誌，對着牆壁認真閱讀。」

她一早便知道他會嘲笑這本雜誌。下午收拾屋子的時候，她不是沒考慮過將這本封面印着「世紀大賤男」字樣的八卦周刊收進牀底。她希望他眼裏的自己是有趣的、灑脫的、有點酷的、讀過幾本書的。轉念，她又承認真實的自己是庸俗的、彆扭的，貌似理想崇高，實則迷惘墮落的。她接納真實的自己就像接納這間一眼望盡四個角的屋子。心不甘情不願，可開足冷氣，躺進被窩，卻又感覺舒適安全。如果她要開始試圖掩飾自己，那麼他們的見面還有什麼意義？

「誒周夢瑩。」

陸雨寒平躺在氣墊牀上，鬢角處那一滴沒擦乾的水珠，在黑暗中異常顯眼。

「説。」她應道。

他忽然轉過臉來，眼裏的紅血絲同樣顯眼。

「你是不是覺得自己簡直像活在王家衛的電影裏頭？我剛剛去7-11的路上，經過一個戲院。大廳裏站滿了七老八十、穿紅戴綠的老妞。嘰嘰喳喳吵個不停。走快幾步看到一間商務印書館，進去晃了一圈，發現裏頭賣的淨是些教你如何成為下一個巴菲特、如何把你兒女送進哈佛大學之類的書。我心想，這條街也太不周夢瑩了。回到大廈，搭你們那部需要手動關門的舊電梯，又想，你根本就是故意的，選條老舊的街，再選棟破破爛爛的樓。你為了活得像部電影，真的什麼都幹得出來。順便想説，我嚴重懷疑那部電梯搭多了會撞鬼。」

「這位賺錢不眨眼的朋友，未必你活得不像電影？你今天出閘口的時候，揉了揉頭周，然後對我展開了一個無比虛假的苦笑。瞬間讓我想起某部讓人哈欠連天、撐着眼皮最後還是睡着了的商業電影。故事好像關於一個中年危機的男人找自己，陳舊又腐朽。」

「我那是業務員微笑，懂不懂？」他笑道，「業務員微笑是一種職業習慣。這就是我現在的日常生活。」

「看老妞、搭舊電梯也是我的日常生活。」

「所以生活就是電影，電影就是生活？」

「王家衛表示堅決反對！」

他看着她的眼睛，笑出了聲。

她一點不覺好笑。

他一定是人累了。

可誰又不累呢？

誠然，跟他比起來，她也許輕鬆不少。工作本身毫無壓力，僅有的煩惱是應付學校裏面某兩個覺得她還不錯的男的。大家都來自大陸，三五句問話就能大致了解她的情況。大家都來自大陸，三五句攀談，她自然也能察覺他們口中的「不錯」，主要是指她爸可能不錯。好不容易遇見一兩個聊得來的女同事，她們又很快選擇離開，不是搬去國外深造，就是搬回大陸好好生活。沮喪是有的。有時，她感覺自己像是在參加某場熱鬧非凡的飯局。周圍全是人，她坐在位置上，也笑着打招呼，也說兩句玩笑話，可只有對面牆上的老式掛鐘

知道，她的招呼應酬正在漸漸失去靈魂。這樣的時代，這樣的城市，誰也難以了解誰，誰也無法留住誰。意識到這點，她對人際交往這件事看淡了許多。該拉黑就拉黑，該吃飯就吃飯，該聊天就聊天，該送行就送行，一切因此變得十分簡單。可新的煩惱總是趁舊的煩惱終於沉入湖底時，冷不丁地冒出它那光禿禿的頭顱來。某天，她沿着樓下的北角道去買咖喱魚蛋，途中偶遇一個老婆婆問路。她尷尬地笑了笑，指着對面馬路那棟大廈，回答説，識聽唔識講。老婆婆笑道，得啦，呢句講得好好啦。她站在路邊，忽然晃了神。她這是在幹什麼呢？畫了一個小圈，把自己困住，來了快兩年了，竟然連基本的當地語言都不會，就算在成都，她也偶爾學句「三碗三兩番茄雞蛋麵」之類的吧。她開始懷疑當初的職業選擇。或者説，她懷疑自己壓根沒理智地擇過業。她憑着一腔自欺欺人的熱愛，在見到現實大門的那一刻，轉身躲進了學校這座象牙塔。她安慰自己，至少還能為某項學術成就提供數據支撐。可實際上，她就只是個幫忙跑數據的。她並不真的渴望功成名就，但她需要説服自己。她無法説服自己。

她的種種內心掙扎顯然都不夠他的來得具體。疲憊已經霸佔了他的眉眼，就連透進窗簾的霓虹燈光，也捕捉到了這一點。

「你曉不曉得我剛剛在想什麼？」他說，「某一個醫療器械零件的專用名詞。我爸說這個深圳的渠道商很重要，我要好好把握機會。」

「務必以低於成本價百分之三十拿下！」她模仿着他爸的口氣，「拿下爸爸自會給你買艘太空船。」

「原來我爸聽起來這麼像個浮誇的奸商。」

「難道他不是？」

「他當然是。」

兩人笑了好一會兒。

「我討厭他。」他說，「但我沒有更好的選擇。我很清楚，以我的學科背景、古怪性格，如果不在他手底下工作，我連現在這個狀態都沒有。」

「竟然要順從一個討厭的人？我們吃苦耐勞的陸雨寒同志，內心的苦水簡直像濕透的毛巾，怎麼擰也擰不乾！」

「行了行了。你少彎酸我。他其實是個不錯的老闆,但又確實是個糟糕的人。」

「怎麼?他又把你的玩具挖挖機收走啦?」

他沒再接話,而是半撐起身子,用力瞪了她一眼。

「好了好了。」她笑道,「是的。他是個自私的人。過年過節從來不跟你過,也很少回去看你爺爺奶奶,因為他一早就有了另外一個家。但你得到的愛有少過嗎?你出國留學他有少花過錢嗎?對於他這樣的奸商而言,一分錢不就等於百分愛嗎?沒有任何一段親子關係是完美的。陸雨寒同志,二十四了。再什麼傷筋動骨的童年陰影,也不應該成為你的心理障礙,因為你是一個成年人。A new boy。」

「你聽起來就像隔壁周孃孃在鞭策她沒做作業的小兒子。」

「隔壁周孃孃會説英文嗎?」

「你贏了。她不會。」

「誒陸雨寒。」

「嗯？」

「生日快樂。」

「嗯。」

「我完全沒準備禮物。給你唱首歌？」

「我不是很想聽。」

「He was only 21, but so much older than he's now. Now he passed the 24. I guess it's time to say goodbye. Here's the new, here's the real, here's the life you like to live. Now here's the new boy taking on the world tonight.」

「這就唱完了？」

「Why so sad? Don't you like my way of life? I don't last forever, neither do the things we love. You are wise, this

is now. This is all the things I want. Everything around us is moving except time.」

第二天一早他便走了。留下一封未讀訊息和一條忘記收進行李箱的毛巾。

他说她應該搬回以前住的那間公寓,中間的差價,他可以先借她。他说她歌唱得實在一般,不過他感謝她的獻唱。他说他的確是 the new boy,而不是 a new boy。他讓她好好考慮,要麼繼續讀博,要麼至少幹點自己喜歡的事,別再當自己是什麼西天取經的苦行僧。他说朝早的電車路過,叮叮噹噹,吵死個人。然後他又说回公寓的事,如果她不搬,他就會讓周之航告訴她爸媽。

房間裏的氣墊牀已經收疊整齊,灶台上還是一層不染。衛生間裏那張深灰色的毛巾,掛在毛巾架上,紋絲不動。電車叮叮噹噹,從一個耳蝸穿進另一個耳蝸。

她忽然想多賺點錢,然後買一張舒服的沙發,擺在有陽光的房間中央,隨時歡迎疲憊的好友來訪。

十二、2016 年 冬

「我覺得你說的是文化認同的問題。上次去巴黎,大概
2013、2014 年,回國前,我也沒免俗地去逛了一轉莎士比
亞書店。很多看起來不錯的書。不同的語言,大名鼎鼎的作
家,知識分子風格的封面,狹窄空間裏擠滿了人類精神文明
的歷史。好像很不得了。但我當時的感覺是,沒感覺。我隨
便買了一本雜誌,點了杯咖啡,坐在塞納河邊,一點也沒感
覺愜意。我覺得自己簡直在裝模作樣,兩口喝完咖啡就起身
離開了。還是以前坐在精典書店路中間的台階上讀書有勁。
或者沙坪壩那家西西弗。你記不記得有回我來重慶,我們去
西西弗通宵看書?」

「西西弗有通宵營業過?你確定你不是還在夢裏頭?」

「有,剛開業不久那陣。你居然忘了?行了行了,先不說
了。我要起牀了,等我到機場再聯繫。你明天到柏林?」

「是的。」

她想他是在說,一個人總是傾向於跟塑造過他的東西產生更

深的情感聯結。就像現在，她同樣點了杯咖啡，同樣坐在塞納河邊，卻顧着和他聊天一樣。她還想跟他説，她覺得他説得有一定的道理。此時此刻，她仰在椅子上看鳥，偶然聽見隔壁桌的幾個年輕人正在聊費里尼。她在想什麼呢？她在腦袋裏搜索和費里尼同時代的，對她來説頗具影響力的人物。李慎之！兩個風馬牛不相及的人，居然在這個陰風沉沉的下午，在塞納河邊某個遊客的腦袋裏，莫名其妙地撞在了一起。這到底算不算巴黎的獨特之處？她想問陸雨寒。她得把一切在巴黎的所思所想記錄下來，因為她知道，等他們明天在柏林見面，只會一刻不停地説柏林。

於是她放下咖啡杯，裝模作樣地提起筆，在筆記本上寫道：

放眼全世界，沒有比我們更複雜難懂的年輕人了。我們一邊熟讀馬克思主義，一邊嘗試理解《國富論》和《遠大前程》。我們一邊聽崔健、Beyond、周杰倫，一邊學唱《Wonderwall》。我們一邊討論十字軍東征，一邊坐在青羊宮的院壩裏曬太陽喝蓋碗茶。我們一邊説「康德説過」，一邊又説「孔子曾曰」。我們甚至讀《悉達多》。我們生怕錯過一位德國詩人透過一個起源於印度的宗教的開悟全過程。我們貌似無所不知，可實際上，我們一無所知。

這太不巴黎了。

她將這一頁撕掉，揉進隨行小包裹。然後她啜了一小口已經涼透的咖啡，繼續寫道：

昨晚在青年旅舍的公用洗澡間遇見了一位漂亮女生。她那一頭深褐卷髮，帶着一種神秘的光澤，像極了夜晚的多瑙河。她赤裸着身體，非常自然地同我招呼，就好像我們是來自伊甸園的兩個夏娃。

她覺得我的洗髮水好聞，便借去用。我們就此有一搭沒一搭地聊起了天。

她說她來自塞浦路斯，並問我知不知道塞浦路斯。我說知道，凡是被英國拿起粉筆標記過的地方，我都略知一二。我問她來自北邊還是南邊。她答北邊。她好像被這個問題打開了話匣子，竟滔滔不絕地講起故事來。你曉得的，我們總是更容易對確信不會再見的陌生人敞開心扉，尤其當我們是身處異國的異國人。

她來自北邊的一個公務員家庭。她的家就坐落在南北邊界線

的兩條街區外。2004年前，她每周都去南邊學跳芭蕾。雖然偶爾遭遇白眼，但只有南邊才有教跳芭蕾舞的老師。2004年後，邊界徹底關閉，她便不能再自由出入，舞蹈課也不得不因此中斷。這一年發生的事情就像一顆種子，在她心裏生根發了芽。於是在考到公費留學項目後，她義無反顧地選擇了「和平與衝突」這個學位。是的，在此之前我也不知道這個世界上居然還有這樣的學位。據她說，審核老師見到她的自薦信落了淚。這中間，她就難民問題發表過論文。她的終極理想是進聯合國。像世界各地的大部分中產階級一樣，她渴望改變，哪怕一點點。彼時有大批難民湧入歐洲，她如願進了一家相關機構。Holy fxxx，她突然罵起了髒話。她感覺自己像是走進了一個驚天大騙局，裏面的某些項目並不真的關於難民，倒是真的有洗錢嫌疑。這是其一。其二，她大半年沒領過任何薪水和補貼，相當於做了大半年的免費勞動力。她的心完全地碎了。他們利用了她的天真與善良，又或者，天真與善良的唯一價值就是被人利用。她說這話時十分雲淡風輕。我想，她應該已經放下了。果不其然，她告訴我，消沉了一陣後，她很快找了份有薪水的工作，並重新開始學跳芭蕾。

你不得不承認，這樣的相遇只有巴黎才有。大家裸體站在公

共浴室裏，對着世事不公破口大罵。穿好衣服，又跟沒事似的，聊起帕慕克來。

回房間之前，我問她介不介意發一份她曾經的自薦信給我，寂寞的夜總是需要大哭一場才有勁。我本來只是開玩笑這麼說。等我關起房門，收到郵件後，居然真的好好哭了一場。整封信其實只不過把剛剛在浴室裏講的前半段故事重講了一遍。可由於我已經完全知曉故事的下半段，再看故事的開頭便難免感覺唏噓。我腦子裏不停盤旋的，只有一句：全世界的中產階級聯合起來！

想到這句口號的蒼白無力，我差點要哭第二場。他看費里尼，她讀帕慕克，你擔心你的月亮和六便士，我信我的太上老君。這種情況下，見面不吵得你死我活已是三生有幸，能心平氣和地聊一次天，簡直是千年修來的緣分。好吧。就當我們都是修煉千年的老妖精。我們聯合起來要幹什麼呢？我們能重建什麼呢？另一座巴別塔嗎？顯然，聯合起來這種屁話只適合扔進塞納河裏，跟隨偉人們的尿液一起，永沉河底。

你看，巴黎之行的結束已經為柏林之旅起了個頭。柏林圍牆

倒塌後，世界人民無不為之振奮。然而由人類親手堆砌起來的圍牆之多，我們什麼時候才推得完吶？

她把這兩頁紙撕下來，與方才在岸邊小攤買來的畫一同裝進包裝袋裏。

他一定會喜歡這幅畫，她想。

「這幅素描很像我高中畫的某幅。」陸雨寒目不轉睛地看着手中的畫。

「是不是？我第一眼看就覺得熟悉。我記得你那幅的構圖和這幅類似，看來你小小年紀就已經具備了地攤畫家的潛質。」周夢瑩捧着裝滿熱紅酒的塑膠杯，興奮地説道。

「都是仿作。」他取下背包，將整個包裝袋輕放進裏層，「巴比松派。」

「什麼派？我只曉得鴿派鷹派蘋果派。」

「行了行了，我心潮澎湃。」

「好了好了，巴比松派。你師承米勒，你說過一萬次了。」

「喂，莫在德國的廣場上談論法國的畫家。」他忽然打趣道。

難得一見他如此調皮，她發自內心地笑出了聲。

亞歷山大廣場的聖誕燈光暖黃，肉桂香混雜着酒精衝進腦袋裏，使人格外放鬆。

她竟在這一秒鐘，感覺到了心動。

這當然不是她第一次對他動心。不夠熟悉的時候，她偶爾偷偷打量他，密密的睫毛，深深的眼窩，憂鬱的眼睛，挺直的鼻樑，過於嚴肅的唇角。真正熟絡起來後，她便開始正大光明地捕捉他的某種特定狀態。她發現，每當他陷入思考時，眨眼速度總是比平時慢一倍。再比如，他覺得什麼好笑時，首先露出的，是鄙夷的神情，然後再才扯起嘴角悶悶地笑，又賤又酷。畫起畫來，則冷漠又專注，簡直全世界最迷人。比較能確定的是，他也有過這樣的心動瞬間。有好幾次，不

知是偶然，還是察覺到了她的注視，他抬起頭，目光和她的撞在一起。她立馬辨認出那是心動的目光，於是心虛地瞪大雙眼，對着他胡說八道、亂扯一通。那時候，她在心虛什麼呢？她已經記不得了。也不重要了。與舒服的相處相比，偶爾的心動算得上什麼呢？

「誒周夢瑩，要不要再買幾個椒鹽卷餅？」他提議説。

她點點頭。

於是他們圍在高腳圓桌邊，吃了一個又一個椒鹽卷餅，喝了一杯又一杯聖誕紅酒。

「所以你認為我們應該在德國談論什麼？」周夢瑩笑問。

「説真的，我不曉得。就像下午的時候，我們在帕加蒙博物館看伊什塔爾門。是，那是由古巴比倫的城門碎片拼湊重建起來的，很震撼，很牛逼。但問題是我們並非真正身處巴比倫的土地，這讓我感覺眼前的一切都很虛假。你明白那種感覺不？像是專門飛去上海，吃了一頓火鍋。」

「我曉得你在說什麼。但在我看來，伊什塔爾門的重建是一種後現代主義行為。你不覺得這種行為本身非常德國嗎？我覺得很有意思。」

「什麼主義？我只曉得，」他模仿她先前的語氣，一字一頓道，「鬼主意餿主意半糖主義。」

「算了。老子一直是全糖主義，你才是半糖主義。」他又笑着補充道。

他的口氣像是兩性關係裏的指責方。而她，作為被指責方，顯然被這句充滿試探性的調侃冒犯到了。想來他今晚酒精上腦，調皮得有些過分了。

「我是無糖主義。」她搶過他手中那杯還剩一半的紅酒，一飲而盡，「好了。你不能再喝了。」

他雙手環胸，瞪了她一眼，隨後慢慢拾起桌上的紙質餐盤，轉身走向垃圾箱。待處理好所有垃圾後，他轉回身，朝她眼神示意，該走了。

他們沿着一路的聖誕燈飾，漫無目的地走。

「是從什麼時候開始的？我們竟然對着別國文物指手畫腳、評頭論足起來了？」他問。

「什麼時候開始的呢？我剛才在發表意見的時候簡直感覺自己懂完了，跟個剛搬到城裏的暴發戶一樣。」她笑道。

「只能説一模一樣，特別是搶酒喝那副架勢。」他雙手叉進黑色大衣口袋裏，悠悠地説。

「我那叫『感情深，一口悶』。」

「喂，感情深。跟我住？我訂的標間。你二十四的人了，莫再住那些青年旅舍了。」

他語氣誠懇，口吻純潔，全然沒了方才酒精上腦的輕浮。

她同意了。他明天一早去慕尼黑出差，晚上從慕尼黑飛重慶，而她訂了去阿姆斯特丹的火車票，打算閒逛半天，再從阿姆斯特丹回香港。剩下的九個小時，是他們僅有的相處時

間，她還有很多話想和他説。

等她洗完澡從衛生間裏走出來，他已經開好了一支香檳，並對着手機不斷講話。

「生日快樂！」

周之航和琪琪的聲音從手機擴音器裏傳來。

「木着幹什麼？壽星你不過來對你哥哥嫂嫂表示一下感謝呀？」

周之航在視頻那頭呼哧一口麵條後説道。

「三點！現在是北京時間凌晨三點，你龜兒居然還在悄悄吃麵。你不怕胖成兩百斤呀？」

周夢瑩湊近，對着視頻説道。

「他才做完實驗回到家。」琪琪接過手機，露出一個無比燦爛的微笑，「啾啾，我們祝你身體健康，天天開心哈。巴黎和

柏林好不好耍？」

「祝福收到了。巴黎和柏林好不好耍且聽下回分解。你們趕快收拾完睡覺！」

「好嘛好嘛。那下回再說，拜拜。」

「拜拜。晚安。」

周夢瑩掛斷通話，把手機還給陸雨寒。卻見他靠在他的牀頭，笑得像個傻子。

「笑什麼？」周夢瑩不解。

「你剛剛，好像他們兩個的媽。哈哈哈。」他的笑聲爽朗。

只有鬆弛到了一定的地步，他才會笑成這樣。

她搶過整瓶香檳，猛灌一口後，輕輕靠在她的牀頭，「這樣一來，周任鈞和李悅瑩就成了我弟弟和弟媳。划得來！」

「神經病。」他伸長手，抓過香檳，往牀頭櫃的玻璃杯裏倒了滿杯。

「所以你算我的什麼？乾兒子？」她重新搶過香檳。

他們一邊肆意飲酒，一邊開不着邊際的玩笑。直到笑得有些累了，她才躺倒，盯着天花板發呆。

「誒陸雨寒。我突然想通我的暴發戶氣質從何而來了。」她側過臉，隔着牀頭櫃，看進他的眼睛，說，「我覺得我有個不得了的哥哥。」

「我一想到他和琪琪，就感覺很踏實。因為我很清楚，有他們在，這個世界就只會越變越好。」

「是的。我們這些廢物，只適合被扔進歷史的垃圾堆。」他的眼神變得溫柔又堅定。

「你想做哪一類垃圾？金屬？紙類？塑膠？廚餘？」她撐起腦袋問道。

「紙吧。環保。感覺處理工序簡單。」他答。

「那我要做你上面那張紙。這樣至少有人目送我離開。」她笑道。

「不得行。這是我絕對不能接受的。我不能接受你在我上面，你只能在我下面。」他説。

「我懷疑你在開黃腔。哈哈哈哈。」她彷彿聽見了腦袋裏的回音。

「日。真的像在開黃腔。你可不可以不要老是亂起這些頭。你曉得老子絕對不是那個意思。」

「你説髒話。你喝多了。」

「我沒有。」

「我怎麼聽見了警車和救護車的聲音？」

「因為你才是喝多了那個。等一下。我好像也聽見了。」

「發生了什麼事呢？」

「管他媽的什麼事。祝你生日快樂。」

「謝謝。我要去刷牙睡覺了。」

「不用謝。我也是。」

「誒陸雨寒，我決定換新工作。」

「恭喜你，終於長大了。」

第二天醒來，他們才知道昨晚發生的事。原來就在他們舉杯痛飲的同時，柏林的某個聖誕市集遭遇了恐怖襲擊。

看到新聞後，他們默默地吃完早餐。

取好行李，她感覺哪裏都不對。走出酒店大門，她下定決心跟他上同一輛出租車。

「幹嘛？」他猛地抬高胳膊肘，用一種訝異的神情看向她。

「我跟你一起去慕尼黑，然後我也從慕尼黑飛。我從來沒去過慕尼黑，覺得應該比阿姆斯特丹好耍。我現在改簽機票，OK？」

「OK。」

她掏出手機，左點右點，認真操作着機票事宜。

「誒周夢瑩。」

「嗯？」

「沒什麼。」

十三、2022年 春

「所以，你哋一齊咗呀？」Mandy問。

「算係咯。」周夢瑩看着鏡子裏的Mandy回答説。

Mandy狐疑地瞄了周夢瑩一眼，緩緩從化妝袋裏掏出粉餅，一邊補妝一邊笑道：「咩叫做算係。傻豬豬，你地住埋一齊咁耐，唔傾㗎？」

「有咩好傾啫。我地識咗咁多年，好多嘢心照不宣啦。」

「咩話？咩『熏』？」Mandy皺緊眉頭認真問道。

「心照不宣。心裏清楚但是不講出來。」周夢瑩笑道，「學多點啦你，普通話這麼差。」

「我一直好差啦。沒救的啦。」Mandy用蹩腳的普通話回應道，「你自己呀，不好進入一段不清不楚的關係。大把男人都是這樣的啦，不出聲，然後一直拖住女生。」

「知啦，阿媽。」周夢瑩無可奈何地笑道。

「笑咩嘢？傻女。得啦，weekend帶出嚟，見真章啦。」Mandy轉回頭，對着鏡子專心化起妝來。

不怪Mandy。局外人總是帶着立場和偏見看待問題。作為局內人，周夢瑩很清楚，她和陸雨寒的癥結，一直在自己。他不是沒努力嘗試過。像他那麼高傲又倔強的一個人，也曾在十五六歲時搭幾個小時的長途車，只為向她當面表達思念。說不心動是騙人騙己的，但她有她的理由。彼時剛剛入讀寄宿學校的她，一面適應周圍的新環境，一面擔心時常出差的爸爸和跟在爸爸身邊的媽媽。她看着新聞裏那些交通事故心驚不已，總是發去短訊反覆確認爸媽的安全。她是如此缺乏安全感，沒法再對一個遠在三百公里外的真心人傾注與之同等的心力。等再大一些的時候，她終於克服了自身的安全感問題，決定來到成都讀大學，他卻遠赴英國。難道她沒考慮過跟他一同奔赴新鮮有趣的留學生活嗎？想過的。可她有她的自尊心。她怎麼能允許自己的發展路徑完全跟隨一個男生的軌迹呢？等到終於上了大學，她又驚覺自己在前十八年把太多精力放在應付亂七八糟的考試與處理過於旺盛的情感需求上，忽略了對自我的探索。於是起心動念，一發而不可收。去險峰，爬雪山過草地；去郊野，順着鄉間小道漫無目

的地開車；去北京，騎車穿巷，駐足在一位自稱民間藝術家
的老大爺家門口，聽他吹拉彈唱；去南京，站在玄武湖邊發
呆，什麼也不幹；去歐洲，探訪舊友結識新朋，看文物聽演
唱會；談戀愛，成人式的戀愛；搬離宿舍，獨自生活，成為
自己一日三餐的主要負責人。四年太短，自我太複雜，她又
輾轉來到香港，繼續探索。這裏是海的另一岸，這裏沒有時
差，與所有家人朋友均處在兩三個小時即可見的範圍內。這
裏還與陸雨寒有着千絲萬縷的聯繫，他們勢必能繼續做彼此
最好的朋友之一。她以為經過這麼多年，兩人已經對這個事
實心照不宣。他們是摯友，是知己，他們不能失去彼此。或
者應該說，他們不能失去彼此，所以只能做摯友和知己。因
為戀人這種飽含佔有欲，需要時時與新鮮感、倦怠感做對抗
的關係，只會將難得的真摯情感消耗殆盡。但事實上，即使
並未發展成為戀人，兩人的關係還是在 2018 年前後因為雙
方的種種置氣行為，跌進了一個進退兩難的低谷。時間來到
2020 年初，機緣巧合，世事弄人，兩人同了牀。兩個整月，
二十四小時在一起，除了摯友與知己，他們還兼具了諸如牀
伴、伙伴、家人、同志等等身分。此間，她既沉浸在親密關
係的甜蜜裏，又無法忽視外部現實裏的痛苦聲音，她一方面
想抱緊眼前人，另一方面，又對眼前這段關係的存續基石表
示懷疑。她思緒混亂，很多時候讓情緒戰勝了理智。她需要
找回理智，重振旗鼓，遂逃回了海的這一岸。現如今他放棄

所有,追來此岸,要和她一起生活。像他那麼高傲又倔強的人,竟然主動開口找他媽媽的現任丈夫要了一份工作。還有什麼真章好見?他的真章就是對她毫無保留的愛。倒是她,需要讓別人見見真章。

為了顯示她的誠意,周五這晚她特意去花市買了一把玫瑰,去銅鑼灣那家陸雨寒最愛的德國餐廳打包了幾樣菜。緊趕着回到家,她又連忙開紅酒、剪花枝、撒花瓣。好了,現在桌面鋪排整齊,只等它的客人到來。像是過了一個世紀那麼久,客人的腳步聲終於從樓道方向傳來。周夢瑩突然感覺到一陣沒來由的緊張,十指交握在鼻尖,雙眼緊盯着大門口。指紋鎖彈開的瞬間,她立馬將雙手枕在下巴底,歪着頭朝他笑。

陸雨寒一眼便望見被過度裝飾的桌面,有些好笑地看着她,「今天這麼有興致?」

周夢瑩將臉上的笑容撑大兩倍,並未回話。在等待陸雨寒洗手、換衣的過程中,她摸出手機,打開前置攝像頭,認真看了兩眼自己。聽到細碎的腳步聲緩慢靠近,她便扔下手機,端坐在餐椅上。

「誒周夢瑩，商量個事。」陸雨寒徐徐坐下。

「我先跟你商量個事。」周夢瑩兩口喝光杯裏的紅酒。

「嗯。」

「我們結婚吧。」周夢瑩說。

「嗯？」

「不要勉強你自己給王叔叔工作了。我們結婚。你給自己一些時間，好好思考之後到底想幹什麼。或許可以重新開始畫畫。」

「意思是你想養一個地攤畫家？」

「是的。Erick走了，公司很快就會升我，我可以養一個地攤畫家。」

陸雨寒發了會兒愣，隨後默然點點頭，起身往臥室邁步。

「誒。你什麼意思？你到底結不結？」周夢瑩緊跟其後，追問道。

陸雨寒從牀底取出行李箱，蹲下身像是在思考什麼。周夢瑩輕戳他的胳膊，低聲問是不是她的話傷了他的自尊心。她解釋說地攤畫家只是玩笑話，實際上她從來都很喜歡他的畫作。他默不回應，不緊不慢地從箱裏摸出護照。他讓她把身分證拿出來，並順勢掏出手機，說是要立馬預約登記時間。

「誒陸雨寒，你還沒正面回應我的。」周夢瑩一把搶過手機。

「如果你一定要嫁一個地攤畫家，那個地攤畫家就只能是我。」陸雨寒伸手至她身後，輕易從她手裏奪過手機。

「好了，知道了。」周夢瑩啄吻他的嘴唇，「我已經預約好了。下下周二，早上十點半。」

他是反常的。他輕輕抱起她，沒放在任何一個他們平時親熱的地方，而是將她安坐在餐椅上。這又是什麼新招數？周夢瑩托着下巴，目不轉睛地盯着他。他卻拎起紅酒瓶，埋首顧自斟起酒來。他斟得如此認真，一如他對這段感情的良苦用

心，紅色液體從瓶口流淌而出，綿綿密密，一如兩人的纏綣過往。她忽然想起了他們的相識。炎熱的天，不住的蟬鳴，淡淡青草香和他額頭的那一兩滴汗。她想起了那個他們在西西弗共度的夜晚，沙沙的畫筆聲，紙墨味和他的深灰色圍巾。她想起了高中畢業那個暑假的 KTV 房裏，燈光昏暗，他借着酒意問她能不能一起去英國。微紅的眼眶，酸得直冒泡的啤酒。她想起了那次去江北機場接他回成都，後視鏡裏，他疲憊不堪的面容，毫無神采的雙眼。她想起了他第五次來香港探她，嚴厲的質問。他問她，這樣的遊戲還想玩到什麼時候？他曾一度深信她留在這裏只是為了和他耍性子、玩遊戲。這樣的誤解當然使她十分失望。她立即將他的所有聯繫方式刪除。冷靜下來，她又將他的聯繫方式一一添加回來，因為她知道，他們根本無法完全割捨對方。

抬眼四目相對，先紅了眼眶的，竟然是他。

「你曉得的。」他抿了抿唇，把視線挪至手中這杯酒，「你曉得，一般遇到這種事情我都會首先……」

他竟控制不住地流下兩行眼淚，又飛快用手拭乾淨。

「你曉得，我都會第一時間告訴周之航。」他帶着濃濃的鼻音
繼續道，「周之航他再也聽不到了。現在我只能跟你說了。
誒，我要和周夢瑩結婚了。」

十四、2020 年 春

他準時在六點醒來，側過身，把她抱得更緊了些。香草混雜着椰子香氤氳在空氣中。這陣香，陌生又熟悉，彷彿是第一次沁腦入肺，又彷彿是纏繞過他一個世紀。

頭還因宿醉有些昏沉，昨夜的記憶卻格外清晰。他們是如何吻在一起的，她是如何試圖臨陣逃脫的，他是如何堅決不放手的，歡愛後，她是如何在半夜偷跑回客房的，他又是如何追進被窩，堅決不放手的。早知道堅決不放手是這麼好用，他是不是一開始就應該死皮賴臉？如此一來，此時叫醒他的興許是他們的孩子？他覺得有些好笑，拿起擱在牀頭的手機，下意識地打開微信。點開周之航的頭像，他打了個「誒」字。他們之間從未有過其他稱呼。大部分時候，他只需要打個「誒」字，周之航就會回復諸如「足球？」「夜宵？」「啤酒？」之類的問句。聊天紀錄太簡短，他很快便翻到了 2019 年的。周之航在大喜之日那天傳來一張只有他、周夢瑩，以及新婚夫婦的照片，並開玩笑說：「什麼時候到你？」他目不轉睛地盯着這張照片，直到周夢瑩在懷裏輕輕扭動。

「醒了？」他忙把手機放在一旁，附在她的耳後問道。

她久久沒回話，過了好一會兒，才緩緩轉過身來，貼着他的胸膛，嗯了一聲。他緊擁着她，既感覺整顆心充盈無比，又感覺到一陣又一陣的空虛。他終於釋放了囚禁多年的欲望與情感，與此同時，又得到了新的。一些以前嗤之以鼻的想法開始縈繞心頭。他忽然想要兩個孩子、一個家。他自小便對家的概念十分模糊。放眼四周，大院裏的孩子無不都是表面上母慈父愛，實則雞飛狗跳的。唯獨自己，與爺爺奶奶同住，樂得清淨。爺爺奶奶並沒有少給他什麼，一日三餐，噓寒問暖，此外，他還得到了許多同齡人沒有的自由。他一度以為這便是家了。誰規定了家一定得是一張桌子、三雙筷子、父與母、母與子、父與子呢？缺失感發生在初識周夢瑩的那個暑假。他第一次見她，便撞見了她剛下車關車門。車內的父母親搖下車窗，不停叮囑着什麼。她一邊不住點頭，一邊和車內伸出來的手十指交握。那一刻，他意識到，家人應該是親密無間的。而他從沒和任何人真正親密過。自此之後，他的心就彷彿缺了一小塊。從某種層面來說，是她的出現召喚出了他未曾有過的幽暗的感知。所以她現在躺在他懷裏，為此負責。

他連人帶被將她抱起，端放在衛生間的鏡子前，隔着被子擁着她。鏡子裏的他們看起來是這麼般配，像極了那些三流愛

情電影裏的男女主角。通常，那位笑得有點傻的男主角會主動給女主角擠好牙膏，沾濕牙刷。以前遇到相關情節，他總是立馬快進，覺得俗氣又做作。現今自己成了戲中人，他只想對那些在暗裏嘰歪的觀眾説：「你懂個錘子。」

「你不覺得這樣很做作嗎？」周夢瑩停下手上動作，因嘴裏還含着泡沫而有些口齒不清。

他兩口吐掉泡沫，快速清理好自己。轉過身，他　把奪過她手裏的牙刷，輕抬她的下巴，答道：「那這樣吧。」她緊閉雙唇，不給他和牙刷半點機會，他便湊近，假意要吻她，她低下頭，閃躲着搶過了牙刷。待她抬起頭時，他看見她笑了。這麼多天，她終於笑了。

那天，成都的天空一如既往的陰沉。他在酒店大門口接到了她。

「去哪兒？」他接過她的行李箱，詢問道。

她直愣愣地看着他，一雙眼腫得像桃子。

他把行李箱放進車尾箱，隨後走近她，說道：「隨時可能封城。你現在這個狀態，先借住我家。反正和你伯伯家離得不遠。」

「興許我應該回重慶了。麻煩你送我去高鐵站。」她望着他的眼睛，又好像不是在跟他對話。

他提議先上車，她同意了。

一路上，她都沉默着。陸雨寒清楚，按照如今的形勢，一天一個規定，十分鐘一條小道消息，跨省回重慶是不夠穩妥的。後視鏡裏，她那雙魂不守舍的眼，出現在周之航爸媽面前是不合時宜的。再三權衡下，他自作主張，驅車至自家小區的車庫。他熄了火，讓她下車上樓。黑暗裏，她靜默了好一會兒。車庫裏的車進進出出，車燈閃閃爍爍，暖黃燈光走馬燈似的在她臉上一閃而過，又一閃而過。光影掠過她的右側臉，她突然抬起眼，看着後視鏡說：「你有什麼毛病？我前天才死了哥哥，你今天就帶我來你家。你是不是覺得我的脆弱是可以被利用的？」

他有些惱，率先下車，拉開後車門，一把抱起她，再用力踹

了一腳車門。

「我毛病多，但肯定沒你多。」他沒好氣道。

出車庫，進電梯，她並未作聲，眼裏卻始終寫滿怨恨。

怒火像被點燃的野草，迅速燒遍整間屋子。一進屋，她便急忙掙脫他的懷抱，雙腳着地，趔趔趄趄。稍稍站穩，她立刻拉開兩人間的距離，順勢拍了拍方才被他環抱過的左胳膊，彷彿他是一團惹人嫌的牆灰。他被這個動作徹底激怒，衝上前狠狠吻住她。她用力將他推開，提高音量問他是不是瘋了。她的聲音嘶啞又淒厲，眼神渙散又無助，像極了街邊某隻走了三天兩夜也沒能找到歸家路的流浪貓。可他的同情心已被磨得乾乾淨淨，一點不剩。他伸長手，使了十分的力氣將她拉近。身體與身體，隔着毛衣，幾乎毫無間隙。吻到唇邊，他承認道：「是的。我他媽的就是瘋了。」猝不及防地，她雙手伸向他腰間的紐扣，開始猛烈地回應他的吻。這種猛烈揉雜着血與淚，又澀又腥。他方才的確過於原始了些，磕破了她的內唇。他也確實是瘋了。與她極盡纏綿這件事在他的幻想裏當然已經發生過無數次，但沒有一次像正在發生的現實這般，充滿對抗的，完全由情緒主導，幾乎不帶任何情

感的。末了，她在他的懷裏沉沉睡去。而他，卻睜着眼睛直至天亮。他一會兒看她的睡顏，一會兒看天花板，一會兒側過身點開手機，漫無目的地刷新聞，轉回身，又忍不住輕撫她的臉龐，親吻她的嘴唇。

他在六點起身，做早餐，處理公事。訂單量暴增，如爸一早預測的那樣。電話不斷，報表不停，待他與不同廠商周旋完，已是下午兩點。走進飯廳，餐桌上的早餐已經換成了午餐。飯菜有些涼了，他迅速扒了兩口，筷子剛落到第二盤菜上，電話就又響了。他接起電話在屋內踱來踱去。腳步停在客房門口，便挪不動了。大門緊閉，上面貼着一張便利條，赫赫然寫著：請勿打擾！八點再來到房間門口，大門還是緊閉。十點依然。十二點照舊。凌晨一點，他倒進還殘有她香味的被窩裏，入了夢。夢醒四五點，他起身踱步至客房門口，站了一會兒，又踱回臥房。

他們就這樣相敬如賓地處了三天。有時忙得忘了一兩餐飯，他會聽到扣扣的敲門聲，待他快步上前推開門，她又溜得沒影了。慶幸的是，由第四天起，她不再刻意回避他。她開始頻繁出現在客廳裏。有時躺在主沙發上看電影，有時靠在角落的布沙發上看書，有時則在廚房進進出出，忙前忙後。一

個檸檬，既能用來做飯，又能用來調酒。他站到她面前的時候，她正端着一杯浸着檸檬的金酒。

「怎麼了？」她的聲音恢復正常了，眼裏也有神采了。

「沒什麼。我也要喝。」他説。

她放下手中這半杯酒，從酒櫃裏取出一個玻璃杯，又從冰櫃的桶裏舀了四塊冰。如此嫻熟，彷彿她才是這間屋子的主人。而他，只是一個生疏的賓客。

「為什麼我的沒有檸檬？」賓客當然要提出適當要求。

「你不是討厭酸味嗎？」她一邊説着，一邊端着酒杯洋洋而去。

這晚，他的手機並沒有如前幾天那般繁忙，給了他們好好聊天的機會。他們把那晚的事情攤開來説。她説那天之前，負面情緒已經累積很多天了，周之航突然離去帶來的悲痛，無法前去北京送行的絕望，對杜文琪以及他們家那個尚未出世的孩子的擔憂，椿椿件件，無處可宣洩。他的突然襲擊成了

一個引爆她所有負面情緒的導火線，所以她當時才那麼衝動。這幾天細細想來，那樣的行為並非出自本心。她希望他把那晚的事情忘了，因為那天的她完全不是正常的她。他也承認那天的他不太正常，他絕不是一個粗魯的人，卻在那個瞬間完全無法控制自己。他誠實地説，他是不可能就這麼輕易將那天的事情遺忘的。

「那麼把一切都交給時間吧。時間會幫我們遺忘很多事情。就像現在，我已經有點記不清周之航走的那天我幹了些什麼了。」她説。

「你給我打了電話。」他將酒杯裏的酒一飲而盡，又添了新的。

「那只是其中的小插曲。」她埋下首，看不清表情。

「你給我打了電話，我給你訂了高鐵票。我來高鐵站接你，你哭了一路。」他兩口咽下杯中酒，繼續説道，「你在你伯伯家樓下逗留了一會兒，又讓我送你去酒店。我送了。我説陪你，你説不用了謝謝。」

她抬起頭來望向他，像是在努力回想又像是在佯裝遺忘。
呵，説得多麼輕巧，遺忘。如果遺忘是一件輕而易舉的事
情，他還犯得着寢食難安地思念一個住在隔壁客房的人嗎？
他吻她，她閃躲。由於已知經驗，他太清楚她的弱點，於是
再度傾身上前。他不可能遺忘，也不可能讓她遺忘。

十五、2017年 夏

「你不過是仗着他喜歡你。」周之航説。

不知道的還以為她周夢瑩是什麼紅顏禍水。是，她不對，睡過頭，沒能趕上飛機，錯過了陸雨寒爺爺的追悼會。但她不是立馬坐最近的航班火急火燎地趕回來了嗎？

「他喜歡過我嗎？」周夢瑩繫好安全帶，直視前方的路，悠悠道，「從來沒聽他説過。而且，我認為真正的被喜歡是被堅定地選擇。」

「説不贏你。説話越來越像個香港人。打腦殼。」周之航擺了擺頭。

「香港人怎麼了？你才認識幾個香港人呀就在這裏香港人長香港人短的。恒生指數，我國經濟發展風向標，趕緊選幾隻買入吧。」

「我根本不信你資本主義那一套。」

「那可不是嗎？周之航同志。建設咱們社會主義全靠您勒。」

「真的。不要再這麼陰陽怪氣地說話了。我已經有點兒想給你一皮坨了。」周之航笑着拍了兩下方向盤，順手指了指車座前擺放着的白色紙袋，絮叨道，「陸雨寒讓給你打包的幾樣吃的。人家最親近的人去世了還記得要給你打包吃的，生怕你趕飛機沒吃上飯。你說你是不是仗着他喜歡你？」

「陸雨寒最親近的人難道不是你嗎？」周蕚瑩取過紙袋，埋首往裏瞧了瞧。

她知道周之航對她的現狀有意見。一方面，她在香港漂了三四年，公司轉了兩三間，房子換了兩三套，每逢節假日不是在旅遊，就是在去旅遊的路上，生活沒個定性。都是一個大家庭長大的，她太清楚周之航從小到大接受的那一套。老老實實讀書，勤勤懇懇做事，體體面面做人，簡簡單單生活。香港那一套對於他來說實在是太花俏了。在香港，口口相傳的不是什麼崇高理想，而是美聯儲放鷹還是放鴿，這個季度應該買股票還是存定期。遊戲規則早就改變了，何止是香港，哪怕他抽點在實驗室埋頭苦幹的時間去三里屯喝杯咖啡，興許人生已經發生了翻天覆地的變化。熱錢這麼多，哪

個投資人不是堆着大疊鈔票等項目？他和陸雨寒這麼要好，對此不應該是毫無概念的。所以有很大機會是他清楚事實，但他偏不遵循規則。就像小時候大家一起玩麻將，他總是有一套自己的打法，明知是輸，也要堅持。周夢瑩自認為也並非是個為了規則而改變自己的人，但她至少保持了一定的靈活性，知進退。她還將這種靈活性應用在了戀愛關係中，也就是周之航頗有微詞的另一方面。他不喜歡郭訟謙。據他形容，這是一種本能的不喜歡。他覺得郭訟謙總是端着一種姿態，用他的話來說，就是渾身上下都散發着半殖民地半封建社會的腐朽味兒，沒洗乾淨腳。如此評價肯定是有失偏頗的。他的生活經驗少，圈子太過簡單狹窄，以至於接觸新人時總是讓意識形態先行，是很典型的自我防衛機制。他錯把郭訟謙的禮貌疏離當作一種態度。而這其實只不過是人家為人處事的習慣。公正地講，郭訟謙是個不錯的人，正直善良，謙和有禮。周夢瑩清楚，周之航的不滿更多來自於他作為兄長的責任感。在他眼裏，陸雨寒才是她的良配。要是擱古代長兄為父的情況，她可能早早被送作對了。他實在是對她與陸雨寒的真實情況缺乏了解。現實問題橫在兩人之間是一道難以逾越的鴻溝。回成都或是重慶，意味着她舉白旗。放棄自我，宣告投降，絕不是她周夢瑩的行事風格。按照陸雨寒的脾性，更不可能來港。兜兜轉轉，二人突然就又來到了一個需要將所有曖昧情愫完全放下的節點。於是她率先向

前邁了一步，結識了郭訟謙。她認為這是她與陸雨寒之間心照不宣的處理方法。就像高一那一年，他們說好了做好朋友，不久，他就和同校的女生戀愛了。大學也是這樣。出國後的第兩百零八天，他告訴她，他愛上了林曉然。她在這場麻將局裏始終謹慎出牌，而他就着她的張子一杠再杠。誰手裏沒那四個張子？難道她就不想將那四個張子乾脆利落地擺上台面嗎？更何況，她根本不信誰是誰的良配那一套。在她看來，她可以成為任何人的良配。

車，繼續在五光十色的都市裏穿梭，一個右轉彎燈，便滴答滴答地拐進了一條小道。夜色深沉，愁雲慘霧。一輪比錫紙還薄的淡月掛在遠山之上，跟隨車內顛簸的節奏晃晃悠悠，一不小心，掉進了面前人的眼睛裏。

「你來了。」面前人一身深黑，面容毫無憔悴之色，唯有滿目哀傷，騙不了人。

「節哀。」周夢瑩輕輕拍了兩下他的肩膀。

「先進去上香吧。」他說。

她點頭應好，跟着他快步走進裏堂。各式鮮花擠滿了這一方煞白空間。來者三五成群夾在花與花中間低聲傾談着。焚香不斷，哀樂不停，花簇緊擁着的相中人還是笑得那麼和藹可親。想起那三五個她和周之航跑去陸雨寒家玩棋蹭飯的寒暑假，她竟不自覺地紅起眼眶來。陸雨寒剛把點着的三炷香遞上手，陸奶奶就急急過來拉住了她的胳膊。奶奶面色蠟黃，雙眼浮腫，望着她不發一語，眼淚吧嗒吧嗒直往下掉。煙灰燙手，周夢瑩下意識地彈了一下，奶奶這才鬆開手，讓她趕緊上香。她連連點頭，用肩頭揩了揩淚，跪下對着遺像鞠三躬，再將香插進爐裏。可能因為生疏，最右邊這支香插得有些歪了，陸雨寒躬身幫她扶了扶。她抬頭向他低聲道謝，這才發現他稍稍紅了一點眼眶。

才跟陸奶奶説了兩句話，陸雨寒的三叔又湊近了來，説是她爸爸媽媽來參加過下午的追悼會了，沒到晚飯點又走了。周夢瑩稍感詫異，此前並不知道父母跟這麼多陸家人相熟，於是道：「所以他們特意指派我來，一直送陸爺爺走完最後一程。」三叔對着空氣深深吐了一口煙，仰頭説道：「是啊。父母都忙。子女都乖。」大家就這麼靠着搭話撐到了凌晨一點。

人群散去，全場只剩籨籨的掃地聲。周夢瑩擠坐在周之航和琪琪身旁，忽然感覺有些疲倦，便將頭靠在琪琪的肩上。

「周夢瑩，我們周家的外交官哦。」周之航探出頭來，冷不丁説道。

周夢瑩挪不動頭，只好挪眼，應道：「負責點火炮那種外交官嗎？噼哩啪啦噼哩啪啦的。」

琪琪抽了抽肩膀，乾笑了兩聲。

陸雨寒這時從院壩走了進來。今晚他已經如此進進出出五六次了。學校裏工作三四十年，陸爺爺的老同事、舊相識眾多，並非個個都有子女接送，不方便的，就全交給陸雨寒了。遠遠近近，一天下來，少説也跑了十幾趟，可他好像還是一副精神飽滿、不知疲倦的樣子。

「送完奶奶，終於可以安心留在這裏守夜了。」他説着往她座位邊上擠了擠，硬是擠出一個空位來。

「誒，裏面有休息的房間，你們要不要進去歇會兒？」他還顧着張羅呢。

「不。不用了。就這樣呆着。」周夢瑩賴在琪琪肩頭，懶懶回答道。

「我會永遠懷念陸爺爺。」周之航不知起了什麼興兒，義正嚴辭道，「他是我輩楷模。」

「他明天就會化作一把灰。」陸雨寒說。

「但他的精神會一路伴隨我們。」周之航說，「做人最重要就是這股精氣神，活着的時候堂堂正正，就算是化作灰，葬禮也是風風光光的。有人來祭弔，念你的好，念你的光明磊落。」

「得。」周夢瑩裝腔裝調地調侃道：「當初該選文科的是您唄。您這口氣，簡直前途無量啊，周之航同志。」

不知大家是不是都累了，不約而同地嘆了口氣，隨後又哼笑了兩聲。

人死一把灰。七月的天，竟淅淅瀝瀝下起小雨來。殯葬師傅說這雨落得恰當，逢出殯便叫做落到實處了。周夢瑩站在院壩裏，遠遠望着陸雨寒走進火化室，又望着他跟在他爸身後緩緩走出來。陸爸爸低頭緊緊抱着骨灰盒，陸雨寒走在左側，撑着傘，斂着容。她不禁暗念道：他是多麼堅強的一個男人啊。收傘抬眼，上車前，他隔着雨粉和她四目相望，她又想：他是多麼脆弱的一個男人啊。

十六、2022年 春

簽了一張紙，拍了兩張照，他們也就算是合法夫妻了。特殊時期，四處都有人數限制，他們乾脆誰也沒叫，禮成後再逐個宴請，反倒更妥帖。具體時間還在籌劃呢，Mandy就拉上男友，提着大包小包，突然到訪。兩人拜年似的進門，周夢瑩忙打電話去樓下的西餐廳訂了一桌體面的飯，陸雨寒則開了兩瓶他前段時間在專門店細挑嚴選的紅酒。四人圍着餐桌，從辦公室八卦聊到俄烏戰爭，又從風雲詭譎的世界現狀聊到德輔大道上那間名為Amber的咖啡店。一會兒嬉笑怒罵，一會兒又沉默着飲酒。時針在酒杯裏飛快轉動，又在午夜降臨前慢下腳步。陸雨寒起身要開第三瓶酒，Mandy攔住他，笑稱是時候把時間交還給新郎了。她從手袋裏取出一個大紅盒子，走近把盒子裏那副金燦燦的鐲子戴在周夢瑩手上，說這是規矩。周夢瑩愣了一愣，恍恍然以為自己身處在遙遠的傳統婚嫁年代，定了定神後連忙擁抱道謝。Mandy笑道：「有什麼好謝的，傻豬豬。」

還有很多事需要處理，很多人要見。他們在這天上午認真討論了彼此的財務狀況，又在同一天下午趕去愉景灣赴周夢瑩另一位舊同事之約。舊同事恭賀他們新婚的同時，也透露説

不久後將離港移居加拿大。周夢瑩聞訊低頭啜了兩口咖啡，
心中並未泛起太大漣漪。她實在是太明白，相遇一場是緣
分，道一聲再見後便是各自珍重。舊同事在碼頭送別他們，
周夢瑩朝她揮揮手，像第一次在茶水間遇見她時那樣。杯中
茶水隨着她們的説笑聲不停晃動，就像此刻波光粼粼、此起
彼伏的海。船一靠岸，他們就又要赴下一場離別了。

來到陸媽媽和王叔叔家時，屋內正升騰起一陣暖暖雞湯味。
客廳裏整整齊齊擺放了十來個方正的紙箱。陸媽媽笑盈盈地
迎上來，先是給周夢瑩和陸雨寒各自遞上了兩個紅包，隨後
又説不好意思，行李還沒完全收拾好，屋子有些亂。

「來來來。坐下吃飯。」王叔叔笑着朝他們招手。

菲傭姐姐在廚房與飯廳間來回穿梭，很快便將一桌飯菜備
齊。五菜一湯，那道燒乳豬一定是陸媽媽特意打電話訂的。
飯桌中間擺着一盆水靈靈的鬱金香，橘中帶黃，是陸媽媽最
喜歡的顏色。

「我剛來香港時也就那麼兩個箱子的東西。誰知一下子多出這
麼多東西來。」陸媽媽笑着遞給周夢瑩一碗已經撇好油的雞湯。

「噢，謝謝。」周夢瑩忙道。

「孫兒我怕是帶不成了。我和你們王叔叔呀，打算在新加坡落好腳後，滿世界地再走走看看。」

「沒有沒有。你們安心周遊世界。」周夢瑩笑道，「我們還沒這麼快。」

周夢瑩暗自想：今天陸雨寒還乖呢，要是平日，他早開始在言語上和陸媽媽針鋒相對了。眼前這話，要他來說，那免不得是一句「從來沒想過要你帶孫兒」。

這會兒王叔叔給他夾了一塊燒乳豬，他竟也露出了那麼一個淺淺的笑，雙手端碗，低聲道了謝。

「是這樣的。」陸媽媽端着右手，撐起左邊小臂，腕上那隻翠綠表盤的手表甩蕩了一下，「我們打算把現在這間屋子讓給你們住。夢瑩你上環住的那個地方我去過，兩個那麼小的房間，一個人住合適，兩個人住還是太小了點。以後要是三個四個，更是擠成堆堆。」

周夢瑩沒料到話題一下子上升到如此現實的層面，只好話趕話地說道：「我那兒確實有些小，不過現在兩個人也住得挺好的。在那兒一住這麼多年，一時要我搬，可能還有點捨不得。之前房東急着要移民套現，說是要把房子賣出去，我生怕要搬，正好當時手裏有些之前攢的錢，就按揭下來了。」

「乖乖，你莫多心。一家人不說兩家話，我絕對沒有其他意思，只是想你們過得好。我們大人兩眼一閉，什麼也帶不走。不如生前多給你們點兒，你們開心，我們自然也開心。」陸媽媽解釋道。

不等周夢瑩開腔，陸雨寒接話道：「照現在這個趨勢，利息還會繼續加。夢瑩公司的同事又是走了又走。」

周夢瑩是個極要臉面的人，被陸雨寒這一席既是事實又非事實全部的話氣得暗暗跺了好幾腳。利息的確是預期會繼續加，按揭款自然也會隨之增加，同事也確實因為移民走了一波又一波。可這話從他嘴裏講出來，怎麼都像是她明天就會被裁掉，後天隨時流落街頭。她明明還有大好前程，而且兩人上午才討論過了，他們的財務狀況良好。

「既然這樣，」王叔叔頓了頓，「這房子交給你們管理吧。要租要住，你們自行決定，想換個環境就住過來，暫時不想換，就租出去，權當幫襯你們那邊的按揭款了。」

回到家，周夢瑩直指陸雨寒方才的言行不夠光明磊落。

「從此我們這個家，所有光明磊落的事交給你，精緻利己的事交給我。」他從背後擁着她，帶點兒戲謔的口吻繼續說道，「對不起讓你失望了。你嫁給了一個曾經的地攤畫家。他早就做不成地攤畫家了。」

周夢瑩聽着這話只覺心酸，轉回頭，假意使氣道：「騙子。」

他們當然還有很多電話要打。媽媽一如既往的感性，在電話那頭哽咽着祝福她，再多說兩句興許就要開嗓唱兩首了。幸好爸爸接過了電話。他叮囑他們注意防範病毒，等完全通關後第一時間回趟家。琪琪打開視頻一字一句地教周小天說「恭喜恭喜」。結束和琪琪的通話，周夢瑩坐在沙發上傷傷心心地哭了一場。周小天實在太像周之航了，她一見就會忍不住。眼淚還沒完全擦乾，那邊林曉然的電話又來了。陸雨寒將電話遞給她時，只聽林曉然那悅耳的嗓音停在空氣中，問道：「喂喂。其實我一直很好奇，你們到底誰先動心的啊？」

十七、2004年 夏

他一向討厭夏天。

放暑假這天出奇的熱。火辣辣的陽光無縫不入地穿過層層樹葉，曬得人眼睛快要睜不開了。回家路上，隔壁單元樓那幾個臭皮匠照例甩着膀子説要打籃球。陸雨寒和周之航照例説不去。穿着淺藍 T 袖的小胖扶了扶眼鏡，搭上陸雨寒的肩膀，開玩笑道：「陸少爺，今午又去哪兒過暑假呀？」

陸雨寒用力聳了聳肩，成功掙脱肩膀上的手，答道：「今年哪兒也不想去。」

事實上，他無處可去。媽在前幾天來過電話，説他已經是個初中生了，假期應該更多和同齡人呆在一起。他幾乎討厭所有同齡人，他們幼稚可笑，嘴裏念的、心裏想的，不是吃就是女生。比如現在，小胖正拉着周之航一徑地開着什麼「能不能將堂妹許給他」之類的玩笑。眾多同齡人裏，周之航算是稍微正常一些，至少不那麼張牙舞爪，但要是發生眼下這種情況，也會一把推開小胖，厲聲讓小胖趕緊滾。

他還是習慣一個人在房間裏畫畫。他原本只是想畫完窗前這棵綠油油的樹，沒曾想這樹竟在一夜之間長出滿枝頭的紫色花朵來。其中那幾朵站在高處的，隨着微風輕輕搖曳，陽光熠熠下還露了那麼一點兒若有似無的粉。這是什麼花呢？鉛筆在畫紙上遊走，思緒卻始終停在了那幾抹粉上。花的出現完全地改變了樹的存在狀態，一棵生機勃勃卻又熒熒獨立的樹，就這麼一下子繁盛了起來。他無法假裝視而不見，兩下將原畫擦乾淨，打算重新下筆。不知是哪隻剛睡醒的蟬，卻在這時用高亢的嗓音折斷了作畫人手中的鉛筆。作畫人只好無奈擱筆。

下樓買新筆的路上，他特意走近大道對面那棵樹，仔細觀察了一番。他仰頭圍着樹轉了兩圈，發現這個角度看到的花都是紫色的。蟬兒折斷了他的畫筆，作為賠償，自然要一路相伴。再回到大道上時，蟬兒又識趣地收了聲，很是奇妙。他的額頭滲着一層密密的汗，需要急急回家洗把臉，換身乾爽的衣服。步子快速邁到單元樓門口，他瞧見一輛深棕色的小汽車正停在樓下。一位紅衣少女從車裏跳出來，騰的一聲跌倒在地。她笑着起身，四處拍了拍，白色短褲上卻還是沾了一點灰。這個場景彷彿是在哪裏見過。他努力回想，卻又摸不着頭腦。待他放慢腳步、緩緩靠近時，她已經砰的一聲關

上車門，雙手撐在車窗上和車裏面的人說着話。經過她的身邊時，他屏住呼吸，凝着神，雙眼始終直視前方。餘光交錯，他發現她的模樣熟悉又陌生，而他腦袋裏的那棵樹忽然開滿了五顏六色的花。

他討厭夏天，卻又開始期待夏天。

十八、2004年 夏

在車駛進校園前，媽媽還在叮囑她行李袋裏那些禮呢。兩件美津濃的T裇是爸爸上次去北京出差時給周之航買的，新鮮的李子是爺爺奶奶早上去街市給周之航稱的，茶葉是姑姑給伯伯的，人蔘是媽媽給伯媽的。周夢瑩聽得有些不耐煩：媽媽還把她當小學生呢，她早就在出發時把這些人情往來記得滾瓜爛熟了。

「啾啾。乖乖。」媽媽繼續嘮叨道，「老規矩。如果你想多耍幾天就給我們打電話。多在伯伯家接受點學習氛圍上的薰陶總是好的。」

「曉得了曉得了。」周夢瑩心不在焉地敷衍道。

車內還在循環播放着王心凌的歌。這張歌碟是爸媽前兩天特意抽空去新華書店買的。他們愛她，又不了解她。她怎麼可能還是個聽王心凌的小女生呢？她已經是個初中生了，應該讀一些深沉的書，聽一些撕心裂肺的歌。正這麼想着，爸爸按停音響，驅車進入了校園。

周夢瑩打開車窗，深吸一口青草香，感覺暢快無比。午後的蟬兒叫得格外歡快，而枝頭的鳥兒則同牠們合着音。視線落到樹下時，她看見一個身著白衣的男生。他仰着頭在樹周圍繞來繞去，想必是在找打飛了的羽毛球。他是誰？幾乎每年夏天都來這裏，她怎麼沒見過這個男生呢？可她既沒見過這個男生，為什麼又感覺似曾相識呢？

「咦？」爸爸忽然開啟了倒車檔，「奇了怪了。以前不是都走這邊嗎？怎麼原來這邊停車離得這麼遠。等我重新繞一圈，繞到單元樓門口去。」

今天確實奇怪。爸爸兜了兩圈才把車開到正確位置，而周夢瑩正一邊笑話爸爸一邊開車門準備下車呢，卻一個不小心朝地上撲了去。這下又換媽媽在車裏笑周夢瑩了。她也覺得好笑，忙起身拍了拍塵。

「我上去了。」周夢瑩説。

「等一下乖乖。」媽媽説着從車裏伸出手來，「聽伯伯伯媽的話喲。」

「曉得了曉得了。」周夢瑩抓住媽媽的手隨意搖晃了兩下,「好了。你們快走吧。」

話音剛落,她察覺側方有人。餘光掃去,是先前那個繞樹的男生。她轉過臉,堆着笑,想和他打聲招呼。誰知他完全沒注意到她,轉過身,徑直走上樓去。

十九、1997 年 夏

重慶直轄這天，九重天旋轉餐廳早早擠滿了人。

「爸爸，你看。」周夢瑩指着窗外，興奮地説，「解放碑底下已經站了好多人了！」

「對呀！我們吃完飯就趕緊下去加入他們。可能有節目表演！」周爸爸説。

周夢瑩靠在座位邊扒着窗，目不轉睛地向下望。右邊突然傳來一陣聲響，她下意識地往右看了一眼。原來另一個小朋友正學她一樣，趴在這層厚厚的玻璃窗上呢。他那張小小的臉，緊緊貼在玻璃上，擠得變了型。周夢瑩也有樣學樣，貼近玻璃窗，擠出一個豬鼻子。

「你好好笑哦。」他笑着説。

「是你先好笑的。」她笑着回應道。

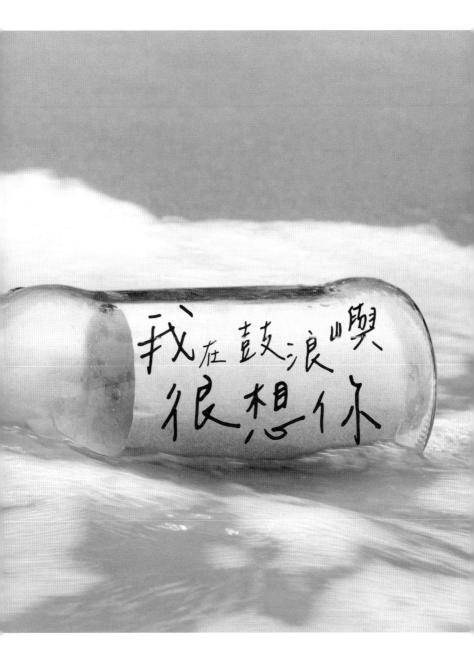

曉婷，你回台北也兩千四百零三天了。你好嗎？早晨的台北能聽見蟬鳴嗎？這裏一切如常，一大清早，蟬兒鳥兒就都醒了，嘰嘰嘰，吱吱吱，聒噪得不行。你在你房間裏那扇看得見街景的窗戶前坐定了嗎？咖啡喝到第幾杯了呢？方糖有沒有整塊溶化呢？我剛洗完客人昨晚留下的杯碟。其中幾個淺口咖啡杯裏，還裝着奇形怪狀的小小糖塊。我們人類為什麼總是這麼着急呢？不等窗戶打開就豎起耳朵追逐蟬鳴鳥叫，不等方糖完全溶化就端起了咖啡杯，不等對方開口說話就背起行囊，只給對方留下一個決絕的背影。是的，你沒看錯。我這是在怪你呢。除了怪你，我還怪你離開那日滿地的落葉、湛藍的天空、平靜的海面，以及巷尾那隻竄出頭來嘲笑我的貓。我們人類為什麼總是喜歡犯賤呢？我責怪這隻貓的同時，步履卻不停向牠靠近，一如當初，我明明深知自己愛不起，卻不停誘導你走向我。我喜歡貓，但我討厭喜歡貓的感覺，就像我愛你，同時，也抗拒着愛你。

算了吧。還是不要一大清早就在這裏愛來愛去的吧。膩味。矯情。酸。我是說，我的咖啡變得有些酸了。店裏剛來了兩位客人，我忙着去招呼他們了。老天爺終於大發慈悲，賜予我十分鐘的時間，讓我能不那麼想你。我雀躍着，放下了杯，擱下了筆。客人選擇靠吧台的位置坐下。我一邊擦拭着

尚未瀝乾的杯碟，一邊建議說，坐窗邊看看海吧。男客人在
他那張黝黑的臉龐上展開兩排整齊的潔白，回答說，天天在
艦船上看海，今天就專心看我女朋友吧。真好。你們多久見
一次面呢？我問。大半年吧，有時，小半年，男客人笑得有
些憨厚。陽光肆意灑在他的身上，而他正側過臉看身邊人。
我從他的眼睛裏看到了船和花。於是，我把他送給我的這艘
船與這朵花，畫成咖啡杯裏的拉花，返送給他。

曉婷，你的午餐都吃了些什麼呢？餐後就不要再喝咖啡了
吧。現在已經是下午兩點四十五分了，再喝咖啡晚上會睡不
着覺的吧。我趕在兩點前，把咖啡機裏的豆子換成了低咖
啡因的。個別感官靈敏的客人問，味道怎麼變淡了？我回答
說，我有一位摯友，過了兩點喝咖啡會睡不着覺。客人並未
在意我毫無邏輯的回答，笑了笑說，和你做朋友真好。他們
到底還是年輕了些，僅憑眼前一件微不足道的小事，就篤定
我是一位不錯的朋友。可這真的是事實嗎？我不過是一個擅
長偽裝的怯懦男人罷了。是的，你沒分析錯，我這是在企圖
通過展露真實的自我以博取你的同情與愛。我希望你重新愛
上我。我希望我們喜結連理，共度餘生。我希望我們的花園
裏種滿鬱金香與滿天星。然後我們再養一隻貓和一條狗，看
着牠們在花園裏打鬧，看着牠們在咖啡店裏，在海邊，在屋

內或慵懶或興奮地走來走去。

曉婷，台北的夜晚也有微風嗎？鼓浪嶼的風很大呢。我關緊了窗戶，換了新牀單，打開了這盞你從宜蘭淘來的枱燈。從前我總是把這盞燈藏在牀底，生怕一翻出來，關於你的舊回憶就會像洪水猛獸一般，朝我洶洶而來。後來又想，從認識你的第一天起，你就已經無孔不入、無處不在了，我又何必要與一盞舊枱燈作對呢？我必須誠實地想念你。我必須坦誠地面對我自己。我想你。我想你回來。我知道你會回來。

—— **2023 年 7 月**

曉婷，你曉得嗎？鼓浪嶼突然豎起了很多路牌，上面寫着「我在鼓浪嶼很想你」。穿衛衣的小年輕們，披絲巾的老大媽們，全都圍在路牌底下拍照。他們管這種行為叫「打卡」。你曉得的。我從來厭惡一切帶有表演性質的行為。這也是我這麼喜歡你的原因之一。你是真實的、真誠的、真摯的。抱歉我從未親口對你說過這些。是的，除了愛你，我還很喜歡你。有些時候，比如此刻，我甚至希望你能不那麼真實、真誠、真摯。我希望你也能跳出來打個卡，在社交媒體裏，在夢裏，在這間海邊咖啡店裏。想到這裏，我開始厭惡我之前的厭惡。我怎麼總是這麼自以為是呢？怎麼總是依靠貶低他人來抬高自我呢？「打卡」挺好的。興許你就因為無意間瞥見別人的一條打卡帖文而想起我來呢？又或者，你一直在想着我，只是礙於種種現實因素而無法説出口呢？好吧，這並不像你。你是陽光的、勇敢的、熱情的。在你的世界裏，沒有無法説出口，只有沒話好説。等一等。讓我把那段關於你的回憶再翻出來，好好體味一遍。嗯。其實你也有不那麼坦率直接的時候呢。

我始終記得初遇那天波光粼粼的海。那是2015年7月的一個午後。我踩着單車急匆匆來白城沙灘，赴小武之約。不知怎的，這天騎車來海灘的人特別多，我找了好久才終於找到一

個寬敞的停車位置。擺好車後,我邁進沙灘,尋覓小武的身影。在一群群觀光客的背影側影裏,我一眼看見了你。一襲淺藍色的連衣裙,一張開懷的大笑臉,一頭烏黑的微卷髮,長長的,有光澤的,和海一樣波光粼粼的。我就是從那一眼開始喜歡你的。無法否認的是,我也是從那一眼開始拒絕喜歡你的。因為站在你身邊的,是小武。

我發誓,在邁進沙灘之前,我並不曉得要遇見你。如果我曉得,絕不會穿着還沒熨好的襯衫來見你。這也是我那天表現得有些拘謹的原因之一。原諒我。我就是個這麼死要面子的人。一整個下午,我都不怎麼敢看你。一整個下午,我都在整理我的混亂思緒。老天爺為什麼要讓我遇見你?又為什麼要讓我在兩分鐘前喜歡上你?如果遇見你是注定的,為什麼又要讓小武比我先遇見你?你們是什麼時候在哪裏相遇的?有沒有可能,我終有一天可以穿越時間,回到你們相遇前的那一天,率先遇見你?我的腦袋好像完全不由我控制了。我討厭這種感覺,於是我開始嘗試討厭你。你説笑時故意瞪大的眼睛,你右邊下顎骨那顆淺淺的痣,你左邊膝蓋上那道淺淺的疤,還有你那雙有些過時的白色球鞋。你離我的理想型簡直差了十萬八千里。我的完美戀人是毫無瑕疵的。你不是我的菜。你講的笑話並不好笑。你的笑聲比你的笑話還做

作。你的動作比你的笑聲還浮誇。

很好笑對不對？我就是這麼好笑。更好笑的還在後頭呢。日落後，臨分別前，你撿起我遺留在沙灘上的車鑰匙。交還給我的時候，你笑得那麼可愛，我認為你對我的印象應該還不錯。回家路上，沙灘上的場景一幀一幀，在我的腦海裏過電影。種種細節讓我相信，你有點喜歡我，而我討厭你。所以，我比較厲害。

這樣看來，從始至終，不夠坦率直接的，是我吧。

—— **2023年4月**

葉曉婷。你到底回不回來？你也太好笑了。逃走就可以解決一切問題了嗎？你這個愛情的逃兵、理想的叛徒。台灣的珍珠奶茶就那麼好喝嗎？鹽酥雞真那麼好吃嗎？你不畫畫了嗎？你不是發誓說想讓更多人看見你的畫作嗎？台灣才幾個人？那是更多人嗎？這裏的新鮮見聞層出不窮，大街上的，鐵皮屋裏的，天上飛的，地下爬的，你倒是拿起筆回來畫呀！你到底回不回來？我給你三個月的期限。如果你再不回來，我就要放下你，徹徹底底地，完完全全地，然後我會和芷希在一起。我說到做到！

對不起。我做不到。我只是太想念你了。特別是這幾天島上天氣不好，陰雨沉沉，烏雲密佈，鳥兒也不再出沒了。整座島恍若一艘漂到海中央、無人問津的香蕉艇。我坐在艇中間，漫無目的地四處張望，目之所及皆是灰灰濛濛，看不清實相。我親愛的畫家朋友曉婷，是時候由你來告訴我什麼是真、什麼是假了。我只相信你。好吧。我說謊。我並沒有那麼相信你。你上傳在臉書的照片讓我懷疑你是不是有新男朋友了。你寫在WhatsApp上的個性簽名讓我擔心你是不是遇到什麼不開心的事了。你萬年不變的微信頭像讓我不停揣測你是不是已經棄用微信了。你怎麼能棄用微信呢？它可是宇宙第一線上聊天App。不好意思。我剛查了，原來事實並不

是這樣，WhatsApp才是真正的第一。行吧。你就當我在這艘香蕉艇上面呆久了，眼界狹窄，目光短淺吧。也有可能是這該死的新冠肺炎燒壞了我的腦子。不過話又説回來，新冠肺炎或許只是我為自己的狹隘認知找的一個拙劣藉口。終歸是我太無知自大了，一天到晚別的不想，淨想着誰誰誰是世界第一這回事了。世界第一有那麼重要嗎？不過是個App，我到底在這裏較什麼真呢？

我到底什麼時候才能停止這般愚蠢、幼稚、找不到重點的書寫呢？

對不起。剛被芷希叫下樓去吃退燒藥了。我不是唬你的。芷希真的很喜歡我。去年，她用直播賺的第一桶金買下了隔壁那間民宿，裝修時，擾了我不少清淨。我們就是這麼相識的。她有婀娜的舞姿、明媚的笑臉，以及小鳥般的動聽歌聲。她是山西人。我實在很少認識一位生活在廈門的山西人，便多問了幾句。一來一往，她告訴我，她喜歡我。這太正常了。你曉得的，如果某天出現一個素人金馬獎，我一定會是最佳男主角。我就是知道如何展露無聲的溫柔細膩與恰到好處的霸道。你就是這樣一步一步走進我的陷阱裏的。

我還是有好好對待芷希的。當她向我告白的時候，我很直接地告訴她，我的心已經被一個人填滿了。為你，我選擇做一個好人。我還是有進步的吧？你誇一下我吧。

葉曉婷。希望你身體健康。希望我的頭痛明天能加重一點。反正我也中招了，乾脆讓我一次痛過兩人份的，如此你便能健康無憂地度過這個冬天了。

—— **2023 年 1 月**

曉婷，又夢見你了。夢醒五點三十五分，開窗點支煙，秋風順着窗口呼呼吹進衣領，有些涼。雲層密密綿綿，將天空壓得格外低。矇曨天光裏，一兩排鳳凰花正迎風搖曳。今年實在奇怪，島上的鳳凰花卯足了勁似的，一路從六月尾開到了九月初。而我的思緒卻逆着時間線，跟隨方才的夢境，一路從九月初摸回了六月尾。

那是2016年的六月尾，我們一起去觀音山遊樂場。你穿着藍襯衫、白短褲，拿着幾張遊樂場入場券在我眼前晃了又晃。我抬起眼來，假裝毫不在意。彼時，雖然小武宣稱已經完全放下了你，我卻還是沒辦法往前邁一步，只能躲在朋友的軀殼裏，獨自悲喜。我怕別人的閒言碎語，我怕小武那不堪一擊的玻璃心，碎一地。我更怕冒然的靠近驚到了你。所以，我只能壓抑自己，裝作對你不在意。

何允輝，你到底會不會笑啊？你問我。

我當然會笑。事實上，我很喜歡笑。獨自一人的時候，我會想起你講過的笑話，然後不自覺地笑出聲來。真正面對你時，我當然要收斂我自己，不多言語。為什麼？因為我太清楚像你這樣熱情洋溢的小女生喜歡哪種類型了。反正絕不是

小武那種爽朗健談的。

果然，你急了。一進遊樂園，你就給大家買了可樂。我知道，那是為了逗我開心而特地買的。我必須得笑一下了，如若不然，你會完全失去耐心。這是要不得的。就像小時候玩遊戲，一直輸，遊戲就無法再繼續下去了。於是，等小武他們一行人上前排隊坐過山車的時候，我轉過頭，撐起一個勉強的笑容，對你說，謝謝你。

很難不心動吧曉婷？像你這樣善良的小女生，很難抗拒眼前這樣一位身著白襯衫、有點冷酷、只對你笑的男生吧？

果然，聚會散場後，你在朋友圈裏分享了一首歌曲。事後煙的《Apocalypse》。是呀。喜歡上好朋友的前女友就是一場洪水猛獸式的劇烈衝擊，泥沙所及之處，濕濕答答，寸草不生。我怎麼能獨自一人承受這樣的衝擊呢？你必須身處其中，和我一起，不斷下墜。既新鮮刺激又忐忑不安，這是像你這樣的乖乖女未曾經歷過的情感吧？喜歡上前男友的好友就是這般讓人抓心撓肺呢。尤其這個人看起來複雜又冷漠，卻獨獨將僅剩的那一份友善留給了你。

親愛的曉婷，你的心思是如此單純，你的心動是如此可愛。你就是給一顆糖就可以變出一間糖果店的那一類人。你就是通過無底線付出來證明自我價值的那一類人。你就是義無反顧愛上迷人反派的那一類人。

為你，我可以做一個反派。

——2022年9月

曉婷，生日快樂！媽媽有為你準備你最愛的紅葉蛋糕嗎？你有為自己點亮兩根蠟燭再許上三個諸如身體健康、平平安安、世界和平之類的願望嗎？你的願望注定是會實現的。因為你就是《一千零一夜》裏的阿拉丁。由你執筆畫下的每一盞燈，不管是煤油燈還是水晶燈，都是神燈。早上一起身，我便將一幅幅你筆下的神燈掛在了咖啡廳的正中央。是的，Timeless咖啡店已經基本裝修完畢了。就在原來那間位於半山的花園民宿順道直下，內厝澳路四十三號。聽到這個消息你一定很開心吧？六年前的今天，你過生日的時候，曾說過，此生最大的夢想之一就是擁有一間海邊咖啡店。彼時要不是那間花園民宿已經簽訂了租賃合同，我定會選擇海邊場地，開一間咖啡店的。現在好了，你的夢想終於實現了。除了花園民宿，你還擁有一間海邊咖啡店。看吧。我說得沒錯吧。你就是徒手畫神燈的阿拉丁。

阿拉丁。我清早便起身忙前忙後，為你做了一個五吋的藍莓芝士蛋糕，以及一個七吋的肉桂蘋果派。小唐和小野說，十米開外就聞到了肉桂蘋果泥在烤箱裏膨脹、軟化的味道。我安排他們坐在看得見海的長條椅上，隨後給他們一人切分了一份蛋糕和一份蘋果派。小唐還和以前一樣，狼吞虎嚥，一頭埋進蛋糕裏，再抬起頭來時，鼻尖沾了一小團奶油。很可

愛。跟六年前的你一樣可愛。

六年前的今天，你穿了一件橙黃色的扎染Ｔ袖，一條象牙白的百褶短裙。你把頭髮高高束起，綁了條麻花辮。陽光正好，你走在我的正前方，偶然回眸，笑得像朵盛放的太陽花。我若無其事地撇開眼，手卻不自覺地捏緊了蛋糕袋。蛋糕是我和小武提前一天在沙坡尾訂的。栗子蛋糕。你的最愛之一。生日會的主題也是你的最愛之一，獅子王。我想你多多少少還是有點戀父情結的吧。不然怎麼會說起木法沙葬身峽谷時，忽然就紅了眼眶呢？你雙手合十，閉緊雙眼，生怕閃現的脆弱被人察覺。睜開眼睛，你說剛剛一共許了三個心願。我想知道你的所有心願。可你才說出其中一個，小武就迫不及待地在你臉上抹了兩指奶油。我當然很生氣，一抬手，將一坨掉在桌子上的奶油糊在了小武的眼睛上。我是故意的。小武卻跟個小學生似的，開啟了一場追逐遊戲。氣氛開始嘈雜起來。大家你追我趕，把生日會現場變成了學校操場。我看著站在人群外的你，笑眼盈盈，神采飛揚。

葉曉婷。我忍不住走到你的身邊，輕喚你的名字。

你側過臉看向我，用右手背蹭了蹭臉，瞪了瞪機靈的眼。

乾淨了嗎？是不是很像那個整天「哈庫拉瑪塔塔」、自以為是的丁滿？你問。

不由自主地，我伸出沾滿奶油的手，輕輕點了點你的鼻尖，說，這樣就更像了。

生日快樂，我又說。

謝謝，你說。

一個人怎麼能既像阿拉丁又像丁滿呢？但這就是你。我愛這樣的你。我愛你。

—— **2022 年 7 月**

曉婷，台北的午後也有鋼琴聲嗎？鼓浪嶼的琴聲還跟以前一樣，悠揚綿長，從三樓的琴房一路直下，飄到了二樓的雕塑室裏。我手裏拿着雕刻刀，心裏還記掛着你昨晚上傳在臉書上的新照片。大樹下，你和幾個姿色平庸的女生湊在一張原木咖啡桌前，談天説笑，笑靨如花。她們都沒你好看。你穿的那件白色針織上衣，那條深藍波點短裙，那對黑色一字矮跟鞋，我都有注意到。不知從什麼時候起，你竟變得清純又時髦、天真又性感了起來。你是清楚我的喜好的。精心的打扮，慵懶的氛圍，甜美的笑容。一切的一切，都是特意給我看的，對嗎？

想着想着，雕刻刀忽然掉到了地上。你看，你真是容易讓我走神呢。我彎腰拾刀的時候又忍不住想：你不會是打扮給其他男生看的吧？他是誰？也是學畫畫的嗎？住在忠孝東路嗎？對你好嗎？每天給你買咖啡嗎？

還好柴可夫斯基的四季在此時彈到了六月，讓我稍微有些慌亂的心得以平靜下來。我們的愛情就像這首《船歌》一樣曲折彎繞，而你是這麼乖巧單調。你怎麼可能在還沒與我正式戀愛前，先愛上了別人呢？你不會的。在擁擠夜市裏，悄悄拉緊我衣角的你，不會；在藝術館裏，藉着昏暗燈光偷看我的

你，不會；在花團錦簇的茶館裏，揉完眼後下意識地嘟了一下嘴的你，不會；在這間聽得見音樂的房間裏，靜靜站在我背後看我雕刻的你，不會；在巷尾的喧鬧酒吧裏，舉着可樂瓶高聲歡唱的你，不會；在將黑沒黑的天色裏，緊閉雙眼在燈塔前許願的你，不會。

你許了什麼願呢？一定是關於我的吧。不然，我怎麼會在你離開了兩千零一百天之後，還這麼想念你呢？你必須回來實現願望了曉婷。

—— **2022年6月**

曉婷，鼓浪嶼的三角梅開滿牆了。一隻藍色的蝴蝶停在牆頭，聞聞花，望望天，看看我，隨後拍拍翅膀，飛走了。不知這隻小小蝴蝶輕拍翅膀的行為有沒有引起台北的一場細雨呢？如果有，你就盡數收下，權當是我對你的思念吧。你不需要帶傘，也不需要穿鞋，只需要靜靜感受。我的思念並不是冰冷的、刺骨的、充滿破壞性的，它是輕的、柔的、像羽絨一樣的。如果你抬頭看樹時，恰巧也發現一隻扇動翅膀的藍蝴蝶，就請讓鼓浪嶼也下一場雨吧。狂風暴雨也好，濛濛小雨也好，我都迫不及待地想要踩進去，從頭到腳，淋個遍。如果，我是說如果，兩者有得選，那麼就請給我一場暴風雨吧。

是時候下一場暴風雨了曉婷。這是我虧欠你的。2016年的夏天，我對你造成的傷害，無法彌補。你是在我的誘導下，拉着粉色行李箱搬進我新開的民宿的。我勸說你給自己多一點時間，不要急着回台灣，大陸還有大把機會，你的畫作在這裏才有更多、更好的展示機會。留下來吧，是我完全出自私心的期盼。我留你，只是希望你時時刻刻陪伴左右，完完全全屬於我。事實上，就大陸這藝術品市場，烏煙瘴氣，五花八門，我自己都摸不清門道，不願踏足。也許台灣也沒好到哪裏去吧，我也不了解。我了解的是，像你這樣天真的人，

蜜蜂採蜜似的追逐着夢想，勤勞又勇敢，稍有風吹草動當然會飛快撲騰上前，毫不猶豫。毫無意外地，你住下來了。在我隔壁的隔壁。同樣住下來的，還有小武。

曉婷，你真的了解小武嗎？我很懷疑。因為，如果你清楚他是個什麼樣的人，當初怎麼可能跟他談戀愛呢？小武是那種踩着一輛破單車，也要猛地向前衝的人。他總是記不住單詞，卻夢想着出國留學；他從來解不開基本的數學題，卻憧憬着能成為中國的伊隆馬斯克；他未曾有過真正的熱愛與追求，卻幻想着有花不完的鈔票，然後再提着幾籮筐鈔票買輛綠色的林寶堅尼。很浮誇很庸俗對不對？我為什麼會和這麼浮誇、庸俗的人成為朋友呢？我想，人都是需要陪襯的吧。你必須承認，我和小武是不同的。在這個點上，我甚至無法假裝謙虛，我的的確確比小武好太多了。他的T袖總是兩天一換，褲子總是皺皺巴巴，襪子總是一隻淺藍一隻深藍。他不配擁有你。他不配曾經擁有過你。他不配。我必須使他清醒地認識到這一點。我也必須使你看清曾經的你自己，多麼愚蠢，多麼幼稚，竟然和這樣的人糾纏在一起。

是的。那天晚上是我特意安排在底樓咖啡廳放電影的。我挑了我們最愛的電影之一，《死亡詩社》。小武根本不讀詩、不

懂詩，甚至不知道詩歌意味着什麼。整整兩個小時，他昏昏欲睡，不停跑廁所。這簡直和我預料中的情景一模一樣。而小唐和小野，當然是我叫過來湊數的。電影結束後，我們一群人，圍坐在前院裏，一邊喝啤酒，一邊閒聊。我發誓，我的精心策劃到此就結束了。不過是這一夜的海風涼了些，我怕你着涼，才從咖啡廳取來你的針織衫。也不過是幾日相處下來，我認為我們已經算是非常親近的朋友，才徑自將針織衫披到你肩上。一切都是這麼自然而然。我絕沒料到小武會對我的行為產生那麼激烈的反應。他居然衝上前掐住了你的脖子。

我沒能當場為你挺身而出。是小唐搶着拉開了小武。

時至今日，你失望又受傷的眼神始終纏繞着我，日日夜夜。而我又能做什麼呢？給你寫一千封信來表達我的懺悔嗎？我又該懺悔什麼呢？我生性軟弱。我應該為我的木性而懺悔嗎？我愛你。我應該為我對你真摯的愛而懺悔嗎？

親愛的曉婷，我有一千句對不起，不知從何講起，於是只能靜靜地坐在這裏，等一場關於你的暴風雨。

凌晨兩點三十七。鼓浪嶼。沒雨。

—— **2022年3月**

國中的時候迷上了畫鳥。老師説，先在你的腦袋裏勾勒牠。牠有着怎樣的五臟六腑，骨架是怎麼構成的。牠有着怎樣的嚮往，眼神是望向何方的。我迷戀鳥，但我不懂鳥，筆落到紙上，行雲流水，首先畫好了一對翅膀。

「這隻麻雀的翅膀看起來蠻強勁有力的呢。」老師評價説。

「這不是麻雀，老師。這是一隻鷹。」我説。

我拎着畫作走進廁所，看看畫，再看看自己，忽然理解了老師。這張白白淨淨的臉，這頭整齊服帖的烏黑直髮，的確太不像執筆畫鷹的人了。這實在是很大的誤解。我不僅是畫鷹的人，我還是注定要成為鷹的人。我之所以對此十分篤定，是因為我有一雙鷹一般的父母親。兩位在我國小的時候就分居了。他們都表示很愛我。同時，他們都對我要求嚴苛。我曾因為背不出一首詩而被爸懲罰，連倒了一個禮拜的垃圾。也曾因為吃飯時太用力，弄髒了裙子，被媽念了一個月。我的整個童年和青春期都在這樣的一個禮拜又一個月中度過。如果説這些只是成年鷹對幼鷹的嚴格教育，那麼重頭戲來了，我最終還是像所有幼鷹一樣，在二十歲這一年，被雙親逼到了巢穴口。我戰戰兢兢探出頭，覷着眼睛朝下望，迷霧重重，我心慌慌，一個不留神，已經被雙親，左踢一屁股，

右踢一屁股，踹出了巢穴。我緊閉雙眼，極速下墮。

死定了，我心想。

一晃兩個月，我奇蹟般地在廈門安定了下來。同行的交換生伙伴們提供了不少的陪伴與慰藉，對此，我很感激。同樣需要感激的，還有廈門的藍天、白雲、微風、海浪。我穿梭其中，感覺自在，不僅學會了如何在街市挑選海鮮，還學會了如何使用微博、微信。一切都是新奇的。各式變着花樣叫賣的麵包店，各式換着沖泡手法的奶茶店。一切都是快樂的。五彩斑斕的藝術小商品店，千奇百怪的古董商店。一切都是不可思議的。這天傍晚，我在華新路附近閒逛的時候，竟然發現一間別致的黑膠唱片店。

我興致盎然，推門進店。店內燈光昏黃，過道狹窄。唱盤慢慢悠悠地轉着，哼的是上個世紀的經典爵士。戴着黑框眼鏡的店老闆，蹲跪在玻璃櫃台前，從紙箱裏取出一張又一張唱片碟，隨後又將它們整齊擺放到貨架上。右手邊的唱片牆下，冷冷清清站了兩位發燒友，其中一位神情專注地看着手中的唱片介紹，另一位則盯着牆，發着呆。不願打破這平靜

的氛圍，我便從左往右，認真閱覽起這滿牆的唱片來。我並不擁有一台唱片機，無論是在台北或是廈門。可我喜歡囤積唱片。優質的東西總是需要精心包裝，再小心收藏的。輕易撕開的，都是即食麵。我並不是不需要即食麵，但那不代表我喜歡即食麵。同樣的，我喜歡唱片，不代表我需要一台唱片機。我總是對我喜歡什麼、需要什麼，瞭如指掌。

半響過去，轉眼瞧見店老闆的方位已經挪到了收銀台，我上前詢問道：「老闆，請問有 Pink Floyd 嗎？」

老闆抬起頭來，扯起嘴角，擠出一個尷尬的笑容：「怎麼會這麼巧？最後一張 Pink Floyd 剛被那位白襯衫男生買走了。」

怎麼會這麼巧？我也很好奇。於是我加快腳步，緊跟上前，試圖一探究竟。

出門轉左，天色比我方才進店時沉多了幾分。一排排路燈在一抹抹深藍裏明明晃晃，照亮了整條街。我沿着路燈，一路觀察着街對面的他。清清爽爽的寸頭，稜角分明的側臉，黑色 Bose 耳機，白色棉麻襯衫，淺藍牛仔褲，黑色帆布鞋。他幾乎契合了我小時候對另外一半的所有想像。我也曾對

班裏班外的某幾位男生有過悸動。但心跳不過幾秒鐘，轉過頭，移開眼，這些男生便被我拋之腦後了。此時此刻，我的心跳隨着我的腳步不斷加速，無法控制，轉不過頭，移不開眼。他昂首向前走三步，我便低頭跟近兩步半。我們就這樣一前一後，穿過三條街，在一間書店門口放緩了腳步。他轉頭拐進店裏，我駐足在馬路對面。隔着玻璃，我看見他摘下了耳機，放低了唱片。書店裏的店員壓低頭，對着他低語了兩句，他點點頭，對着店員露出一個禮貌的微笑。

Timeless。我喜歡這間書店的名字。

真正的喜歡彷彿長了腳，不斷帶領着我去到應該要去的地方。晴天的時候，我站在 Timeless 對面，看天看雲，看人來人往；雨天的時候，我還是來到這裏，撐紅傘，著雨靴，在水氹裏徜徉。行人經過時，我挪眼看向街口的路燈，假裝是個等待友人的觀光客。察覺到注視的目光時，我便快速掏出手機，扮演迷路的路人甲。

「嘿。怎麼會這麼巧？」一位皮膚黝黑的男生主動向我搭訕道。

我默不作聲，並不打算和他產生交集。

「你是廈大的吧？」男生咧開嘴，笑得格外燦爛，「我在學校見過你。」

「一起去對面那間書店逛逛嗎？」他喋喋不休道，「書店是我朋友開的。」

過了十五天又二十個小時，我終於有幸走進了Timeless。他不在。但周圍都是他的氣息。黑白色牆底，銀灰色樹形雕塑，香薰機緩緩吐露出淡淡的香氣，唱片機一轉又一轉，將一串串悅耳旋律播撒進空氣裏。我像是剝筍人一般，輕輕取下他那副黑色Bose耳機，慢慢撕開那張他藏在角落裏的黑膠唱片，發現了一個嶄新又熟悉的他。這種熟悉感來自於我在這十五日對他的觀察。我從他走路的節奏猜想他耳機裏的音樂風格，我從他行走時的眼神推測他的興趣愛好與知識架構，我從他的換衣頻率、衣著款式想像他的衣櫥香味與襪子顏色。剝筍是會上癮的。從踏進書店的這一刻起，我就決定要端起一盤裝滿他的筍，一一剝開，細細觀賞。

十五天又二十小時又十分鐘後，我和這位皮膚黝黑的咧嘴笑男生成為了微博的互關好友。

很快，我通過咧嘴笑男生的微博找到了我想要剝的筍。準確地説，是一整片筍林。我懷抱着好奇心與手機，福爾摩斯一般揣摩、解讀關於他的一切，抽絲剝繭，從早到晚，從教室到房間，從奶茶店到海灘邊。

首先，他為自己取名「Abandon」。

有趣。他想要放棄什麼呢？還是説，他曾被什麼拋棄過呢？

2011年1月25日，他第一次在微博上發言。他説：「既往不戀，當下不雜，未來不迎。」

這就是他的人生哲學了吧？他有把這樣的哲學運用在日常生活中嗎？

2011年6月8日，他在天台和朋友們一起喝酒聊天。他説：「十天十瓶啤酒。最好喝的還是台灣啤酒。懷念去年夏天。」

他去過台灣了嗎？什麼時候去的？去年夏天嗎？

2011年9月30日，他只是拍下了黃昏的沙灘，並沒有講話。

他在想什麼呢？有沒有面對着絕美的夕陽默默吟詩一首呢？

2011年10月12日，他仰望夜空，抓住了最閃亮的那一顆星，並問：「看見了嗎？」

「很閃亮。」一位頭像是《日出·印象》、網名為「水上希」的女生評論説。

這個女生是誰？我點進她的微博，開始尋找蛛絲馬迹。

2011年3月19日，他在她的微博底下留言説：「生日快樂。」

2011年7月11日，她做了一個很好看的藍色星球蛋糕，穿了一條很漂亮的鵝黃連衣裙。她説：「希望你年年有今日，歲歲有今朝。永遠是少年。」

他説：「謝謝。」

2011年8月5日，她畫了一幅山水油畫。

他評論説：「好看。」

2011年8月23日，她分享了一首莫文蔚的《其實我一直都想對你説》。

他説：「好聽。」

我開始變得廢寢忘食。整個周末，我都呆在宿舍裏刷手機。一天十五個小時，記錄從2011年刷到2016年，我在他的微博留言區發現了除「水上希」以外的諸如「鮮花與大餅」、「木木與沐沐」、「小小小蕊」之類的鶯鶯燕燕。她們各有風格，或美艷不可方物，或沉魚落雁、閉月羞花，或清新脱俗、天真可愛。共同點是，她們都投注了不少注意力在他身上。或噓寒問暖，或早安晚安，或這歌好聽、那鳥好看。

放穩牙刷，紮緊頭髮，我緩緩從抽屜裏掏出了日記本。觀察為我提供線索，而書寫，總是幫助我整理紛繁的思緒。

「他，暫且稱他為A吧。A是善良的、溫暖的、生活在此處，心中有遠方的。A喜歡落日餘暉與繁星點點，喜歡小河裏的魚與海灘上的螺，喜歡飛很遠的鳥與靠很近的雲。A喜歡料

理店裏裝點優美的海膽，喜歡夏日海邊滴滴入魂的手沖咖啡，喜歡冬日巷口攤檔熱氣騰騰的沙茶麵。A喜歡街邊遛彎的小狗，喜歡攀上屋簷的小貓，還喜歡屋簷上被小貓踩過的雜草。A是如此美好。跟三月陽光一樣美好。跟香水百合一樣美好。跟午後小憩一樣美好。愛好之心，人皆有之。一個從內到外都毫無瑕疵的人，被愛慕是再正常不過的事。國小同學愛他的品格。與人為善、助人為樂。國中同學愛他的才華。憶當年無不是泛黃信箋紙、碳黑鋼筆迹。她們將種種愛意埋在一條條文字訊息裏，既刻意，又隱秘。A沒察覺嗎？不太可能吧。A的心思是如此細膩，就連窗台上的隔夜雨滴，也盡收眼底，又怎麼可能對他人的愛慕之情絲毫沒留意？可既然有留意，又為什麼點進她們的微博，一一回應？他喜歡她們嗎？我不覺得。扮好人嗎？他本來就是好人。又或者，此處應該打的是問號。他本來就是好人？」

剛寫完這個問號，忽見室友甄殊走到了我的書桌前。

「曉婷，要不要一起出去吃午餐？」她問。

想到櫃子裏那一箱近乎被消耗殆盡的即食麵，我回答說好。

「是一個叫小武的男生邀請的。」她說。

原來那個咧嘴笑的男生叫小武。他通過我的微博，找到了甄殊，聊天半小時，隨後發送了午餐邀請。多麼有趣的二十一世紀。我們通過各自的網線而不再是直接的交往，去聯結各自的心之所向。很顯然，小武的網線比較短，比較直。而我的網線又曲又長，散落一地，亂成一團，還沒來得及理清，就被小武率先聯結上。

「我喜歡你。」小武說。

午後的校園，有青草香。微風撫過頭髮，附在右邊臉頰，有些癢。

「我已經有喜歡的人了。」我說。

「那有什麼關係。」小武的頭髮被風吹得亂了型，可他臉上的笑意卻始終不停，「我就是喜歡你。」

小武的喜歡是真誠、炙熱，且無處不在的。他在清晨送來暖暖的沙茶麵。他選修我的必修課，坐在離我最近的位置，只為了下課後和我一起吃午餐。他在傍晚的圖書館門口等待，在夜晚的宿舍樓下徘徊，希望能在一天結束前，再見我一面。他橫在我的上學路上，遞上一束鮮花，擠在沙灘人群中，對着我彈結他。躲也躲不掉，逃也逃不了。有時候，我幻想着在宿舍的牆壁上挖一個洞，左腳進，右腳出，然後我就順利回到台北了。無奈廈門大學的牆壁太厚實，小武的攻勢太猛烈，我只輕捶了兩下牆，就在這場愛情拔河賽裏徹底投了降。

從小，我就跟自己約定，只向自己感興趣的人拋出橄欖枝，絕不迎頭接受別人加冕的桂冠。因為只有這樣，我才能充分了解對方，進而把控關係的整體走向。媽説，當代女性的幸福只能靠女性同胞們自己去爭取。我對這句話的理解是，作為一位生活在二十一世紀的女生，我應該總是在戀愛道路上先發制人，最好趁着月黑風高，趕緊在敵方城堡周圍插滿粉紅色的旗幟，待敵方及其一眾追隨者醒來時，我已經舉着手裏這面「必勝」的旗幟得意洋洋地逼近城堡大門口了。我遵循着自己對戀愛這回事的深刻理解，一往無前。觀察Ａ，嘗試了解Ａ，分析Ａ，進展順利的話，我會深深地喜歡上Ａ，繼而

愛上Ａ，然後再想盡辦法讓他愛上我。我背着包，蒙着面，望向對面那座名叫Ａ的城堡，彷彿一名志在必得的刺客，卻不想小武迎面而來，一把扯下我的面紗，並喚了我一聲「女俠」。

就這樣，來不及觀察，來不及了解，來不及分析，我從一名刺客變成了一位女俠。小武説，他一開始就是被我身上這股走路有風的俠義風範所吸引的。而我又是從何時開始全心全意地喜歡上他，繼而毫無保留地愛上他的呢？

第三次約會這天，是個晴朗的周日。甄殊説她最近學業壓力大，一顆心七上八下，很是混亂。她希望我能陪她去一趟市區的教堂，靜靜心，定定神。我點頭答應了她，並發訊息告訴小武説：「那麼我們的約會就推遲到下午兩點吧。」

小武沒回話。等到我和甄殊走出宿舍樓時，卻發現他已經等在樓下。他還是笑得那麼傻，頭髮亂糟糟的，鬍子沒剃，穿了一件黑色鬆身Ｔ袖，一條卡其色休閒短褲，褲子皺皺巴巴，襪子一隻深藍，一隻淺藍。想到他一定是收到訊息後，飛快

從牀上彈起，急忙出了門，我就忍不住想笑。

「原來這麼快就到兩點了。」我打趣說。

「反正我也沒事可做。」他聳了聳肩，展開一個更大的笑顏，「不如就由我來帶路吧。」

他帶着我和甄殊來到學校後門附近的早餐店，吃滿煎糕，喝花生湯，又沿着海岸線將我們載到了新街堂。

「我是個沒信仰的人，就不進去了。我在門外等你們吧。」小武說。

我也是個沒有信仰的人。爸說，人最靠得住的，永遠是自己。我對這句話的理解是，一個人的最終信仰，應該回歸到自己。耶穌也好，佛陀也罷，都只能幫助我們獲得某種暫時的平靜。可然後呢？平靜之後是什麼？我們該如何應對「平靜之後」呢？我顯然還沒獲得參透這一切的智慧。所以，我只能敞開懷抱，去觀察，去感受，去體驗。我認真觀察甄殊禱告時的虔誠模樣，我用心感受教堂裏某種嚴肅、清冷的氛圍，我伸手觸摸一排排木椅，位位是虛席，處處有溫度。

送甄殊回學校後，小武載着我四處兜風。車子經過起起伏伏的高架橋，穿過層層疊疊的建築群，緩緩駛向未知地。窗外有花香，車內有魚味。小武說，車很舊了，還是爸爸媽媽以前賣魚丸時買的。現在家裏開始從事海鮮批發生意，這輛車就閒置了。他還是喜歡這輛車。小時候，爸爸媽媽很忙，但總能抽空帶他去周圍的海灘游泳。出行時總是晴天，大大的太陽掛在藍藍的天上。他喜歡把車窗開到最大，對着馬路和小道不停歌唱。

「唱什麼歌呢？」我不禁好奇。

「《雙截棍》啊。周杰倫啊。還有一些你應該沒聽過的歌。」小武說。

「那你唱給我聽啊。」我笑道。

「我要開始唱咯。」小武把車靠在小道邊，理了理額間的碎髮，「我真的要開始唱咯。」

「把你的心，我的心，串一串，串一株幸運草，串一個同心圓。」

「救命。這麼老土。你到底是生活在哪個年代的人啊?」我笑到眼角飆淚。

「我是生活在此時此刻的人。」小武將我的鬢髮輕輕別到耳後。

我看着小武的眼睛,就像看見了自己的眼睛,於是在他的臉頰上輕輕地印下了一個吻。

和小武在一起的日子是平實而幸福的。我們共吃一鍋麵,共飲一碗湯,共蓋同一張被單,共用同一把梳子。他喜歡為我梳頭,我喜歡被他梳頭。他喜歡被我修眉,我喜歡幫他修眉。他愛鬧,我愛笑。他把我的心願寫在黃昏的觀音山沙灘上。而我,決定把他的心願寫進我的日記本裏。

摸到日記本上鋪的那一層薄薄的灰,我才驚覺自己已經很久沒有碰過日記了。美好的時光走得如此飛快。牽牽手,散散步,踩踩單車,再吃兩個甜筒,咔嚓,腦袋裏的照相機還沒就位,畫面就又迅速切換到下一幀了。原來手拉着手,心貼着心,會使人感覺到全然的踏實與放鬆。我忽然意識到,自

己已經不再需要為一個男生寫日記了。我乾脆將日記本封存在箱底，把小武的心願牢牢記在心裏。

可老天爺好像故意和我作對似的，竟毫無徵兆地將A再次發送到了我的生命裏。不知怎麼回事，一靠近他，我就感覺渾身不自在。他是小武的朋友，我卻明顯察覺到了他對我的格外留意。他在喧鬧的夜市裏，借故拉我的衣袖；他在燈光昏暗的展廳裏，偷瞄我的左手，以及我左手牽着的，小武的右手；他在我放下茶杯抬眼的瞬間和我四目相對，眼神複雜而怪異；他邀請我和小武去有音樂的房間看他的雕塑，又當着我們的面摔壞雕塑；他在我的朋友圈底下發表一些莫名其妙的評論；他還在我過生日這天徹底地越了界。他走近我，說我很像《獅子王》裏的丁滿，隨後用指尖親暱地在我鼻尖點了一點。我洗了三次臉，還是惴惴不安。我想到了我的日記。日記本裏的那個A與現實裏的這個A像是兩個風馬牛不相及的人。A在日記本裏歲月靜好，卻在現實生活裏扮演着一名浪蕩不羈的危險分子。他破壞雕塑，破壞氛圍，破壞意境，甚至還想破壞我和小武的愛情。

小武笑笑說是我多心了。A從小就是這樣的性格，話少，人好，和女生走得近，但並沒有要染指任何人的意圖，也從未

傷害過誰。因為他一早就決定要孑然一身，做個紅塵間的修行人。

我不信。

我開始變得多夢。夢裏的我總是獨自坐在海邊。有時，我看見海上有兩艘帆船，白色的，以及藍色的；有時我看見兩隻鳥，一隻黑，一隻白；有時只看見模糊的光，星星點點，亮在海中央；有時我對着一朵開在沙灘裏的睡蓮默默哭泣，醒來發現眼淚是真實的。

小武問我怎麼了。我回答說，我感覺自己好像擁有了很多不屬於自己的回憶，而這一切都與Ａ有關。

「傻瓜，你只是生病了。」小武說。

我倒頭再次昏昏睡去。這次的夢境異常真實。我感覺到了一陣不可名狀的窒息。等我掙扎着呼吸到幾口新鮮空氣，半睜着眼，發現Ａ正掐着我的脖子。我驚叫着坐起身。

「小武，我和何允輝，你選誰？」我問。

「親愛的小傻瓜，你真是病得不輕呢。」小武摸了摸我的頭頂。

高燒醒來後，我又重新開始寫日記。

「這一切到底是怎麼開始的？我到底為什麼一開始會被A吸引？僅僅是因為他在馬路對面的外在表現十分有魅力嗎？這種魅力是否完全來自於我的主觀臆想？可我不是認真閱覽並仔細分析過他的社交媒體嗎？我為什麼要閱覽並分析他的社交媒體？我喜歡A嗎？此時此刻還喜歡嗎？如果不是，為什麼我的夢裏總是有他？如果是，那麼小武呢？我對小武的喜歡和愛還是百分之百的嗎？我為什麼要提出這個問題？百分之百的喜歡和愛很重要嗎？為什麼重要？喜歡和愛一定是非此即彼、非黑即白的嗎？小武和A是否就是夢中那一黑一白的鳥，想讓我做出一個非黑即白的選擇？為什麼我會因為兩隻鳥而心緒不寧？選擇權不是在我嗎？我不是發誓要成為鷹一樣的人嗎？鷹一樣的人不應該是處變不驚的嗎？這一切是因為我還沒有建立起一套穩固的信仰體系嗎？我應該怎麼建立這樣一套堅不可摧的信仰體系？聽爸的還是聽媽的？聽老師的還是聽神父的？聽課本裏的還是聽新聞裏的？」

手中的筆彷彿一隻飛進叢林的藍蝴蝶，這裏停停，那裏憩憩，自由自在，無比快活。

「我必須承認我是缺愛的。我總是在尋找一份完整的愛，就像一個行走在沙漠裏的人渴望一口井。我在愛的荒漠裏一路從台北徒步到廈門，滴水未沾。A是在我奄奄一息時出現的海市蜃樓。我將自己對愛的想像全部投射到他身上。這樣的想像是虛妄的、危險的、抓不住握不緊、隨時會渴死人的。小武就是在這一切幻象破滅前給我遞水的人。我需要水。我等這杯水很久了。爸從不開車帶我去郊野兜風，媽從不給我梳頭髮。我不曾開嗓歌唱，更不曾親手觸碰鮮花和結他。小武用我曾經最期待的方式愛着我。他努力用手中這杯水澆灌我、愛護我。可是，一杯水可以解渴，卻無法止渴。像我這樣求愛若渴的人，需要的是一口井。我需要一口鮮活的、噴薄的、源源不絕的井。我需要這樣一口井來滋養我這株毫無生機的靈魂。我想唱歌，卻被要求背詩。我想穿褲子，常穿的卻是裙子。我想畫畫，卻學了廣告設計。我想去歐洲留學，卻來了廈門當交換生。我主動跳進了別人給我畫的框架裏。為什麼？爸媽並沒有舉着刀架在我的脖子上，為什麼我總是對他們的決定言聽計從、照單全收？因為我不愛自己。我既不愛自己，也缺乏做自己的勇氣。又或者，一個不愛自己的人，永遠無法獲得做自己的勇氣。」

我停下筆，從日記本的收納袋裏抽出那張我在國中時畫的
鷹。牠的羽翼豐滿，眼神堅毅。我看着牠的眼睛，就像看見
了自己的眼睛。

「再見了小武。謝謝你小武。我愛過你的小武。但我必須先
學會愛自己。」於是我說。

作者	目里
責任編輯	陳志倩
協力	應天
美術設計	Kathy Pun
出版	明文出版社
發行	明報出版社有限公司
	香港柴灣嘉業街 18 號
	明報工業中心 A 座 15 樓
電話	2595 3215
傳真	2898 2646
網址	http://books.mingpao.com/
電子郵箱	mpp@mingpao.com
版次	二〇二四年七月初版
ISBN	978-988-8829-38-5
承印	美雅印刷製本有限公司